"안 그래도 너는
너무 애쓰는 버릇이 있으니까
조금은 긴장을 푸는 게 좋아.
너희도 지금은 여름 방학이잖아?"

유리가 발돋움해서 내 머리를 만졌다.
한마디 해주려고 유리의 얼굴을 보지만⋯⋯
그 얼굴은 부드러운 웃음을 띠고 있었다.

「잘하는군요!」

「제법이네.」

텐노지 미레이
Mirei Tennouji
히나코를 호적수로 보는
아가씨.

히라노 유리
Yuri Hirano
이츠키의 누나를 자칭하는
바지런한 소꿉친구.

"이츠키에게……
특별한 추억이 있다면."

히나코가 손에 든 선향 불꽃을
보면서 중얼거렸다.

"나도…… 이게 제일 좋아."

아가씨 돌보기

~영애들이 다니는 명문 학교에서 제일가는 아가씨(생활력 없음)를 남몰래 돕는 시중 담당이 되었습니다~

4

사카이시 유사쿠

일러스트 **미와베 사쿠라**

c o n t e n t s

프롤로그

키오우 학원은 여름방학을 맞이했다.

평범한 고등학생에게 여름방학이란…… 대체 무엇일까? 빈말로도 평범하게 생활했다고 보기 어려운 나날을 지낸 나는 여름방학이라고 하면 아르바이트를 떠올렸다. 이 시기에는 특히 이벤트 관련 아르바이트 일이 많아서, 땡볕 아래에서 손님들 줄을 정리하는 일로 하루하루를 보냈다.

아마도 평범한 고등학생에게 여름방학이란 기대하는 마음에 가슴이 뛰는 장기 휴가일 것이다. 예를 들면 동아리 활동에 집중하거나 애인과 정답게 지내는 등, 그렇게 특별한 일에 시간을 쓰는, 1년에 한 번밖에 없는 귀중한 기회가 아닐까?

초등학교 때부터 고등학교 1학년 때까지 쭉 함께 어울렸던 소꿉친구…… 유리라면, 올해도 그런 여름방학을 보내겠지.

유리와 다르게, 나는 언제나 그렇듯 올해도 평범한 여름방학을 보낼 수 없을 듯하다.

물론 올해는 예전처럼 생활고 때문이 아니지만.

"이츠키 씨, 준비는 다 됐나요?"

"죄송해요. 조금만 더 기다려 주세요!"

문밖에서 대기하는 시즈네 씨에게, 나는 허둥지둥 대답했다.

여행 가방을 점검하자. 갈아입을 옷 챙김. 공부할 것 챙김. 히나코의 비위를 맞추기 위한 감자칩 챙김.

감자칩 봉지가 부피를 차지하는 바람에 가방이 잘 닫히지 않았다. 현지에서 조달하는 게 나을까? 그렇게 생각하고 한 봉지를 줄였다.

"준비 다 했어요!"

"그렇다면 출발하죠. 밖에서 차가 대기하고 있어요."

가방을 끌면서, 나는 시즈네 씨와 함께 저택 밖으로 나갔다.

쏟아지는 햇볕은 따스한 정도를 넘어서 뜨거웠다. 하지만 그 쨍쨍한 빛이 완전히 눈에 익숙해진 코노하나 가문 별저의 정원을 평소보다도 더 선명하게 연출하는 것 같기도 했다.

여름방학다운, 지내기는 불편해도 미워할 수 없는 기온이다.

"늦————어————."

저택 입구 앞에, 청순한 느낌의 하얀 원피스를 입은 호박색 머리 소녀가 있었다.

코노하나 히나코—— 내가 돌보는 소녀다.

총자산 약 300조 엔. 이 나라에 사는 사람이라면 누구나 아는 재벌—— 코노하나 그룹. 그 총수의 외동딸인 히나코는 당장에라도 다 녹을 것처럼 맥이 빠져 있었다.

"미안해, 히나코. 차에서 기다려도 되는데."

"무리. 더는 못 걸어⋯⋯. 안아줘."

"그러면 덥잖아."

"그러면 업어줘."

그 정도는 괜찮을 것 같아서, 나는 히나코를 등에 업었다.

하지만 어차피 이런 기온에서 밀착하면 더웠다.

"……더워."

"내릴래?"

"…………참을래."

이대로 업어서 가는 게 좋은 듯하다.

히나코의 몸은 가벼웠다. 여유롭게 차로 운반할 수 있지만, 두 손을 못 쓰니까 가방을 끌고 갈 수가 없다. 어떻게 할지 고민하자 시즈네 씨가 말없이 끌어 주었다.

시즈네 씨에게 머리를 살짝 꾸벅이고, 나는 히나코를 차로 옮겼다.

차 문이 자동으로 열리자 시원한 바람이 느껴졌다. 냉방을 잘 틀었다. 완전히 늘어진 히나코를 뒷좌석으로 밀어 넣었다.

"흐아아…… 살아나……."

"히나코는 여름이 힘들어?"

"……겨울도 힘들어."

지내기 좋은 기온이 아니면 힘든 듯하다.

"이제 출발해 볼까요."

시즈네 씨가 그렇게 말하자 차가 움직였다.

히나코의 시중 담당으로서—— 유서 깊은 명문 학교, 키오우 학원의 학생이 된 나는, 올해도 특수한 여름방학을 보내게 될 듯했다.

키오우 학원 학생들은 여름방학을 다양하게 쓴다. 장차 대기업을 잇거나 정치권에 진출할 그들에게는 오랫동안 쉴 여유가 없다. 이 장기휴가를 이용해 집안의 일을 거드는 사람도 있는가 하면, 언젠가 보탬이 될 연줄을 만들고자 세계 각지를 돌아다니는 사람도 있다.

이번에는 장래를 생각해 평소보다 한 차원 높은 학습을 위한 여름 강습에 참가하게 되었다.

"이츠키…… 즐거워?"

옆에 앉은 히나코가 고개를 갸우뚱했다.

"뭐, 조금은."

내색할 마음은 없었는데, 쉽게 들키고 말았다.

목적지는 휴양지의 정석, 카루이자와.

어디까지나 공부하러 가는 거지만…… 나는 작은 여행 기분으로 가슴이 뛰었다.

1장 카루이자와 휴양지와 아가씨들

"네? 같은 호텔에서 묵나요?"

차를 타고 카루이자와로 이동하는 도중, 나는 시즈네 씨에게 되물었다.

"그럴 작정인데요. 무슨 문제라도 있나요?"

"아뇨. 다른 분들은 별장을 쓸 줄 알아서요……."

나는 이번에 호텔에서 숙박한다고 사전에 전달받았는데, 히나코를 포함한 다른 일행은 다른 곳에서 묵을 줄 알았다.

뭐니 뭐니 해도 카루이자와다. 부자와 카루이자와의 조합은 별장이란 단어를 저절로 떠올리게 한다. 이건 나만 그런 게 아니리라.

"처음엔 그럴 예정이었는데, 아가씨께서……."

시즈네 씨가 히나코를 힐끗 본다.

이미 졸린 기색인 히나코가 천천히 입을 열었다.

"별장…… 질렸어."

"이렇게 말씀하셔서, 호텔을 이용하기로 했습니다. 아가씨께선 우리보다 등급이 높은 방에서 묵으시겠지만, 호텔 자체는 같은 곳이에요."

별장이 질릴 수도 있구나…….

"참고로 이번 여름 강습에는 텐노지 님과 미야코지마 님도 참가하신다고 합니다."

"그렇군요."

애초에 나는 나리카를 통해 여름 강습이 있다는 사실을 알았으니까 나리카가 참가하는 건 알지만, 텐노지 양도 온다는 소리는 처음 들었다.

익숙한 멤버가 모인다는 것을 알아서 기분이 풀어졌다.

생각했던 것보다 화기애애한 여름 강습이 될 것 같다.

"히나코는 작년에도 여름 강습에 참가했나요?"

"아니요. 카루이자와에는 자주 갔지만, 여름 강습은 처음 가는 겁니다."

시즈네 씨는 앞을 보면서 대답했다.

"이번 여름 강습은 키오우 학원에서 주최하는 만큼 수준이 높은 교육을 접할 좋은 이벤트이지만, 아가씨께선 연기의 피로가 있어서 저택에서 공부하셨습니다. 하지만 요즘은 아가씨의 몸 상태도 좋으므로, 이만하면 참가해도 되겠다고 카겐 님께서 허락해 주신 겁니다. 호텔에서 숙박할 수 있는 것도 그 덕분이지요."

"그리고 보니 히나코, 요새는 열을 안 냈네요."

"의사도 놀라더군요. 심인성 발열이라고는 해도, 이토록 빠르게 좋아진 건 흔하지 않다고…… 마음을 의지할 곳을 잘 찾은 증거라고 하더군요."

히나코를 슬쩍 보니 이미 머리가 꾸벅꾸벅 흔들리고 있었다. 냉방으로 알맞은 기온이 되면서 긴장이 풀린 것이리라.

"우웅…… 이츠키랑 여행…… 으헤헤……."

히나코는 칠칠하지 못하게 침을 흘리며 잠꼬대하고 있었다.

히나코의 머리를 슬쩍 쓰다듬는다.

나는 히나코가 잘 의지할 곳이 됐을까.

실감은 잘 나지 않지만, 없어도 상관없을지도 모른다.

실감이 나든 말든, 나는 히나코를 위해 최대한 애쓸 것이다.

"말이 늦었지만, 이츠키 씨. 여름 강습을 제안해 주어서 고맙습니다."

"뭘요. 나도 나리카와 이야기하다가 우연히 들은 거니까요."

이번 여름 강습은 내가 참가를 제안했다. 정확하게는 나리카의 어머니를 통해 여름 강습이 있다는 사실을 알고 슬쩍 화제로 꺼냈을 뿐인데, 그것을 계기로 다른 멤버도 참가하게 된 것이다.

내 발언을 통해서 모두가 멀리 외출하게 되었다고 생각하면 왠지 나도 코노하나 가문의 일원이 된 듯해서 기뻤다. 뭐, 이렇게 건방진 생각은 속으로만 하고 입 밖으로 꺼내지 않지만.

그때, 스마트폰이 짧게 진동했다.

메시지가 도착한 듯하다.

타이쇼 카츠야 : 예—이! 산이야———!

(생활력 없음)
~영애들이 다니는 명문 학교에서 제일가는 **아가씨**를 남몰래 돕는 시중 담당이 되었습니다~ 4

타이쇼가 녹음이 짙은 산이 찍힌 사진을 메시지에 첨부했다.

셀카로 찍은 것이리라. 즐겁게 웃는 타이쇼의 얼굴이 찍혔다.

곧이어 두 번째 메시지도 왔다.

　타이쇼 카츠야 : 우리 회사의 사원 여행에 동행해서 등산 중이야! 진짜 즐거워!

　참 잘됐다.

'즐거워 보여서 부럽습니다.' 라고 답장하자.

메시지를 보내자마자 다른 인물의 메시지가 도착했다.

　아사히 카렌 : 예—이! 바다야———!!

　아사히 양이 반짝반짝 빛나는 바다가 찍힌 사진을 메시지에 첨부했다.

　……두 사람은 진짜 파장이 잘 맞는걸.

　미리 짠 듯한 타이밍에, 무심코 웃음이 나왔다.

　그렇게 생각하고 있을 때, 아사히 양이 보낸 두 번째 메시지가 왔다.

　아사히 카렌 : 이 수영복 봐봐! 조금 섹시해서 좋은 느낌이지?

　"쿨럭?!"

무심코 화면에서 눈을 돌렸다.

한순간이지만, 눈에 선명히 남고 말았다. 그건 하늘색 비키니 수영복 차림의 아사히 양이 수영복의 어깨끈을 슬쩍 밀어서 야릇한 웃음을 띤 셀카 사진이었다.

얘는 참 뭐랄까, 무방비하다고 할까…….

"무슨 일 있나요? 이츠키 씨."

"아, 아뇨, 아무 일도…….'

의아해하는 시즈네 씨에게 어떻게든 얼버무리려고 했다.

"이츠키…… 여자 수영복 보고 좋아했어."

"히나코?!"

아까만 해도 잠자던 히나코가 나를 똑바로 째려보고 있었다.

왜 이런 타이밍에 일어나는데…….

"이츠키 씨도 남자니까 좋아하는 건 이해하지만, 때와 장소는 가리는 게 어떨까요?"

"그게 아니에요! 친구가 보낸 거예요!"

이건 나도 갑자기 당한 일이다. 제발 야단치지 않기를 바란다.

"밤만 되면 내 수영복을 보면서…….'

"저기!"

사실이지만, 너무 위태로운 발언이라서 얼굴이 떨렸다.

차가 한순간 흔들렸다. 운전기사의 심한 동요가 전해졌다.

"……한 장은, 괜찮아."

"어?"

"다음에…… 사진, 찍게 해줄게."

뺨을 살짝 붉히고, 히나코가 말했다.

그 순간, 본능이 이성을 압도했다. 어떤 포즈로 찍을지……

머릿속에서 자꾸 상상이 부풀어 오른다.

그리고 머리를 세게 흔들어서 잡념을 떨쳐냈다.

위험했어…….

"이츠키 씨. 아시겠지만……."

"그, 그래요. 괜찮아요. 잘 알아요."

아무리 그래도 그러진 않을 테니까, 안심하세요…….

아무튼 타이쇼와 아사히 양도 여름방학을 즐겁게 보내는 것 같아서 다행이다. 하지만 아사히 양에게는 다음에 봤을 때 조심하라고 말하자.

"그나저나, 바다라……."

아사히 양에게 '느낌이 좋네요.' 라고 적당히 메시지를 보낸 나는, 화제를 바꾸고자 나지막하게 말했다.

"이츠키……. 바다, 가고 싶어?"

"아니, 그냥 요새는 안 갔다고 생각한 건데……."

거짓말이다. 사실은 가고 싶다.

그런 내 마음을 간파했는지, 히나코는 잠시 생각에 잠긴 기색을 보이더니.

"시즈네……. 바다, 갈 수 있어?"

"바다인가요. 올해는 카겐 님께서 손님을 초대한다고 하셨으니까 조금 어려울 것 같네요."

역시나 코노하나 그룹. 바닷가 사유지도 보유하고 있나 보다.

"일반 해수욕장이라면 카루이자와에서도 갈 수 있지만……
아가씨, 바다는 더워서 불편하다고 말씀하시지 않았던가요?"

출발 전의 상태를 보면 정말로 힘들어할 것 같다.

"이츠키가 있으면…… 가고 싶어."

"알겠습니다. 검토해 보지요."

시즈네 씨는 요새 히나코의 이런 발언에 익숙해졌는지, 금방
대답했다.

하지만 나는 아직 익숙해지지 않았다.

여전히 귀여운 소리를 하는구나…….

생각지도 못하게 찾아온 마음속 동요를, 나는 시선을 돌려서
얼버무렸다.

◆

차가 주차장에 섰다.

이제부터는 우선 호텔 프런트에 가서 숙박 등록을 할 예정인
데…… 나는 그 전에 할 일이 있었다.

호텔 프런트 앞에서 잠시 기다리자 새까만 차가 와서 멈췄다.

그 안에서 히나코와 시즈네 씨가 나타났다.

"아, 안녕하세요. 코노하나 양."

"어머, 토모나리 군. 오랜만이에요."

"그러네요. 저기…… 괜찮으면, 같이 가시겠어요?"

"네, 좋아요."

숙녀 모드가 된 히나코가 "우후후." 하고 우아하게 미소를 짓
는다.
　통학 때와 똑같다. 나와 히나코가 같은 저택에 사는 건 절대로
들켜서는 안 되므로, 우리는 중간에 서로 다른 차를 타고 이 프
런트에서 합류하기로 했다. 이러면 다른 사람들에게 우연히 이
호텔에서 마주친 것처럼 보이겠지.
　너무 뻔뻔한데……
　속에서 꿈틀대는 복잡한 감정을 억누른다.
　차에서 내린 우리 앞에는 산을 따라서 지어진, 고풍스럽고 차
분한 느낌의 호텔이 펼쳐져 있었다.
　"와…… 크다."
　"카루이자와의 호텔은 어디든지 경관을 헤치지 않으려고 신
경을 쓰고, 컨셉도 다양해서 즐겁답니다. 가끔은 별장 말고 다
른 곳을 이용하는 것도 좋네요."
　듣고 보니 오는 길에 고층 건물이 없었던 것 같다.
　고급 호텔이라고 하면 도심에 있을 법한 빌딩을 떠올리지만,
카루이자와의 호텔은 어디든 자연과의 조화를 의식하고, 고풍
스러우면서 우아하게 생겼다. 고풍스럽다고는 해도 내부는 무
척 깔끔하고 예뻐서, 평소 우리가 지내는 코노하나 가문의 저택
에도 뒤지지 않는다. 프런트에는 정밀하게 문양을 판 앤티크 가
구가 놓여 있다.
　"여기서 잠시 기다려 주세요. 접수하고 오겠습니다."
　시즈네 씨가 카운터 쪽으로 간다.

접수를 기다리는 동안, 우리는 호기심 어린 시선을 받았다.

"봐봐, 코노하나 양이야."

"이 호텔에서 묵는다면, 올해는 여름 강습에 참가하려는 걸까……?"

키오우 학원에서 주최하는 여름 강습인 만큼, 같은 학교 참가자가 많아 보인다. 지금껏 참가하지 않았던 히나코가 있어서 주목받고 있다.

"오래 기다리셨습니다."

시즈네 씨가 돌아왔다.

손에는 카드 키를 두 장 들었다.

"이 호텔에는 객실 등급에 세 종류가 있어서, 제각기 건물 위치가 다릅니다. 이 본관이 1성, 언덕을 조금 올라간 곳에 있는 건물이 2성, 그리고 더 위에 있는 건물이 3성이라고 하더군요. 아가씨와 저는 3성, 이츠키 씨는 2성에 묵겠습니다."

"2성? 1성이 아니고요?"

시즈네 씨는 메이드로서 히나코의 곁에서 대기하려는 거겠지. 카드 키가 두 장밖에 없으니까 히나코와 시즈네 씨는 같은 방에서 머무는 듯하다.

사람들 눈이 있는 이상, 나는 히나코와 같은 방에서 지낼 수 없다. 그렇다면 가장 싼 방에서 묵을 줄 알았는데…….

"시중 담당은 가급적 아가씨와 가까운 방에서 머무는 게 좋겠지요."

하긴, 맞는 말이다.

(생활력 없음)

건물 위치상, 나는 예상했던 것보다 한 등급 좋은 방에서 묵게 되었다.

"아시겠지만, 이 호텔에는 키오우 학원 학생도 몇 분 숙박하고 있는 것 같더군요. 우리와 떨어져도 문제가 안 생기게 해주세요."

"알겠습니다."

"뭐…… 요새는 거의 신용하니까, 괜찮다고 보지만요."

그 신뢰는 순전히 기쁘다.

실제로 나도 그런 쪽으로는 별로 긴장하지 않았다. 시중 담당으로서 코노하나 가문의 저택에서 생활한 지도 슬슬 4개월. 키오우 학원의 일상과 사교계에 나간 경험이 착실하게 자신감을 형성하고 있다.

"그러면 이츠키 씨, 짐을 둔 다음에 다시 이 프런트에서 모여요. 여름 강습 회장에서 접수를 마쳐야 하니까요."

"네."

완만한 언덕길을 잠시 올라가자 갈림길에 직면했다.

"이츠키……. 나중에 그 방에도 놀러 갈게."

"그래."

방이 다르니까 아는 사람, 친구의 방에 놀러 가는 건 누가 봐도 딱히 어색하지 않으리라.

내가 고개를 끄덕이자 히나코는 눈을 조금 동그랗게 떴다.

"히나코?"

"이런 거…… 처음이니까, 조금 즐거워."

히나코는 연기 중에는 볼 수가 없는, 얼굴이 확 풀어진 웃음을 짓고 발걸음을 돌렸다.

언덕 위에 있는 3성 건물로 가는 히나코의 등을 바라본다.

생각해 보면, 히나코는 지금껏 답답한 일상을 보냈다. 시즈네 씨도 히나코의 몸 상태가 좋아져서 여름 강습 참가를 허락받았 다고 했으니까, 아마도 예전에는 장기휴가 때마다 저택에서 느 긋하게 지내기만 하지 않았을까?

친한 친구와 가는 여행. 히나코는 이번 여름 강습을 그렇게 여 긴 듯하다.

"나도, 즐겁게 지내볼까."

물론 열심히 공부하겠지만, 모처럼 카루이자와에 왔으니까 히나코와 함께 즐기자.

나도 여행해 본 경험은 거의 없다. 히나코의 마음은 이해할 수 있다.

(음……?)

그때, 문득 어디선가 시선을 느꼈다.

뒤돌아보지만, 나와 비슷한 숙박객이 몇 사람 있는 정도라서 시선의 정체는 알 수 없다.

기분 탓일까. 그렇게 여기고 방에 들어갔다.

"와…… 무진장 좋은 방이네."

대리석이 쫙 깔린 현관에서 신발을 벗은 나는 바닥에 있는 슬 리퍼로 갈아신고 부드러운 융단 위를 걸었다. 침실과 거실이 일 체인 흔한 구조지만, 아무튼 넓다. 게다가 비즈니스 호텔의 심

~영애들이 다니는 명문 학교에서 제일가는 **아가씨**를 남몰래 돕는 시중 담당이 되었습니다~ 4 (생활력 없음)

플한 가구와는 다르게, 이 방에 있는 가구는 하나같이 장식을 잘 꾸민 일품이었다.

테라스 너머로는 파릇파릇한 산길이 이어진다. 사람의 손길이 닿지 않은 대자연이 아니라, 다소 손질해서 우아한 풍경이었다. 지내기 편해지는 청결함, 자연과의 조화. 그것들이 양립한 분위기다.

적어도 내가 평소 지내는 방과는 비교도 안 될 만큼 고품격이다.

하지만—— 나는 솔직하게 감동하지 못했다.

(히나코의 방보다는………… 작은걸.)

나도 참 오염되고 말았다.

넓이만 따지면 히나코의 방이 더 넓고, 여기 가구도 코노하나 가문의 저택에 있는 것과 비교하면 훨씬 쌀 것이다.

물론 내게는 엄연히 호화로운 방이지만, 이런 광경을 봐도 눈썹 하나 까닥하지 않는 상류층 아가씨들의 심정을 조금은 이해하고 말았다. 슬퍼해야 할지, 아니면 기뻐해야 할지는 나도 잘 모르겠다.

먼저 가방에서 귀중품만 꺼내고 방을 나선다.

신발을 갈아신고, 프런트로 돌아가자——.

"어머, 토모나리 씨?"

"이츠키?!"

귀에 익은 목소리가 들렸다.

롤 모양의 금발 소녀와 묶은 머리를 다리까지 기른 소녀가 있었다.

텐노지 양과 나리카다.

"두 분도 이 호텔로 잡으셨나요?"

"그래요. 우리 별장은 여름 강습 회장에 다니기 불편하고, 이곳은 평판이 좋은 호텔이니까요."

"나, 나도 비슷한 이유야."

이 아가씨들은 별장 소유를 기본으로 생각하는 듯하다.

두 사람 모두 학교에 있을 때와는 다르게 여름에 걸맞은 차림새를 했다.

텐노지 양은 어깨를 드러낸 파란 반소매 블라우스와 하얀 스커트.

나리카는 목깃이 딸린 하얀 민소매 셔츠와 녹색 숏팬츠. 셔츠는 바지 안에 집어넣어서 길고 건강한 다리가 두드러진다.

다시금 보니 정말로 외모가 빼어나다. 신선한 복장을 봐서 그런지, 나는 키오우 학원에 막 입학했을 무렵의, 두 사람을 보고 넋이 나갔을 때의 기분이 되살아났다.

"당신이 여기 있다면, 코노하나 히나코도 이 호텔에 있는 거군요?"

"네."

긍정하자 텐노지 양이 자신만만하게 웃었다.

"여름 강습 마지막 날에는 시험이 있답니다. 후후후, 학교 시험에서는 결판을 내지 못했지만, 이번에야말로 승부를 내주겠어요, 코노하나 히나코……!"

텐노지 양의 눈이 활활 타오르고 있었다.

"나, 나도, 점수를 안 좋게 받으면 어머니한테 혼나니까 힘내겠다……!"

나리카도 나름 필사적인 듯하다.

나는 굳이 따지자면 나리카와 비슷한 심정이다.

"오래 기다리셨습니다, 이츠키 님."

적당히 잡담하고 있을 때, 시즈네 씨와 히나코가 나타났다.

"왔군요, 코노하나 히나코!"

"코, 코노하나 양. 오랜만, 이야."

히나코를 호적수로 보는 텐노지 양과 테니스 연습을 함께한 일로 히나코를 친구처럼 보게 된 나리카. 두 사람의 태도는 대조적이었다. 나리카는 아직 긴장이 덜 풀린 기색이지만, 반대로 평소와 비슷한 느낌이다 보니 어색하진 않다.

"두 분 모두, 여름 강습 기간에 잘 부탁드려요."

히나코가 다소곳하게 머리를 숙였다.

숙녀 모드인 히나코의 연기는 여전히 대단하다. 꽃잎이 부드럽게 벌어지는 것처럼 아름다운 인사를 본 구경꾼들이 숨을 집어삼키는 기척이 느껴진다.

유일하게 그런 히나코의 아름다운 동작에 대항할 수 있는 텐노지 양은 한순간이나마 그 모습에 정신이 팔린 자신을 다그치듯이 "흥."하고 소리를 내고, 그 시선을 시즈네 씨에게 돌렸다.

"당신은 분명, 코노하나 가문의 메이드장이었죠."

"츠루미 시즈네라고 합니다."

시즈네 씨는 이름을 대고 텐노지 양에게 머리를 깊이 숙였다.

"이츠키 님의 일로, 큰 신세를 졌습니다."

"그건 내가 할 말이어요. 코노하나 가문은 좋은 메이드를 두었군요."

두 사람의 짧은 대화에, 나리카는 고개를 갸우뚱했다.

그러나 나는 그 뜻을 이해할 수 있었다……. 텐노지 양이 내 정체를 알았을 때, 그 책임은 자신에게 있다며 전화로 말한 적이 있었다. 그때 텐노지 양은 일부러 코노하나 그룹 회장인 카겐 씨가 아니라 시즈네 씨에게 연락해 잘 교섭해 주었다고 한다. 결과적으로 나는 텐노지 양이 감싸준 덕분에 시중 담당 자리에서 잘리지 않을 수 있었다.

내게는 두 사람 모두 은인이다.

두 사람에게는 차마 고개를 들 수가 없다.

"우리는 지금부터 회장으로 갈 예정인데, 괜찮다면 함께 가시겠습니까?"

"그래요. 기왕이면 그렇게 하겠어요. 미야코지마 양도 가겠어요?"

"그, 그래! 나도 함께 가마!"

다 같이 호텔을 나와서, 여름 강습 회장으로 향한다.

그 도중에──.

"……?"

나는 걸음을 멈추고 뒤돌아봤다.

"이츠키, 무슨 일 있어?"

"아니…… 잠깐, 시선을 느껴서."

(생활력 없음)
~영애들이 다니는 명문 학교에서 제일가는 **아가씨**를 남몰래 돕는 시중 담당이 되었습니다~ 4

고개를 갸우뚱하는 나리카에게 대답하고, 나는 주위를 둘러봤다.

아는 사람은 없다. 역시 기분 탓일까?

뭐, 이만큼 곱고 예쁜 아가씨들과 동행하고 있으니까.

시선이 모이는 것도 당연하겠지.

◆

여름 강습 회장은 호텔에서 도보로 10분 거리에 있었다.

건물은 겉에서 보면 커다란 산장처럼 생겼는데, 내부는 회의실처럼 긴 책상이 여러 개 있다. 집중하기 좋은 환경이다.

접수처에 도착을 알리자 시간표가 실린 서류를 받았다.

교과서는 처음 수업에서 배포한다고 한다. 그렇다면 오늘 볼일은 이걸로 끝이다.

"이제 돌아가 볼까요."

시즈네 씨가 발걸음을 돌리고, 우리도 따라간다.

회장에서 떠나려는 우리에게 수많은 시선이 쏠렸다.

(그렇구나. 여름 강습에는 다른 학교에서 참가하는 사람도 있으니까······.)

이번 여름 강습은 키오우 학원에서 주최하지만, 참가자는 키오우 학원 학생만이 아니다. 국내에서 손꼽히는 명문 입시학교 학생들도 다수 참가하는 듯하다.

그래서 평소보다 훨씬 히나코가 눈에 띈다.

상류계급 자녀가 모이는 키오우 학원에서도 히나코는 눈에 띈다. 일반인은 열에 아홉은 눈길을 줄 정도의 존재감이 있다.

그 시야에는 히나코의 옆에 있는 나도 들어가리라.

긴장을 얼굴에 드러내지 않게 애썼다.

솔직히 이번에 한해서는 메이드 차림인 시즈네 씨도 그럭저럭 눈에 띈다.

"여름 강습은 내일부터 시작해요. 그러니 오늘은 자유롭게 행동하죠."

시즈네 씨가 나와 히나코에게 말했다.

우리는 다음 예정이 없다.

어떻게 할지 다른 사람들의 얼굴을 보자…….

"나는 오늘 가족과 예정이 있어서 이쯤에서 실례하겠어요."

"나도 사실 이다음에 아버지의 거래처에 동행할 예정이 있다. 다 함께 행동하는 건 내일부터겠군."

텐노지 양과 나리카는 다음 예정이 있는 듯했다.

"그러면 다들 내일 또 보자."

"그래요."

두 사람에게 그렇게 말하자 텐노지 양이 고개를 끄덕인 다음 히나코를 봤다.

"코노하나 히나코, 이번 시험에선 반드시 내가 이기겠어요!"

텐노지 양이 손으로 가리키자 히나코는 부드럽게 웃으며 "잘 봐주세요."라고 대답했다.

그리고 떠나는 두 사람을 지켜본다.

"자, 우리는 어떻게 할까요?"

시즈네 씨가 물어봤다.

나는 아무것도 생각하지 않았다. 점심은 이미 지났고, 내일부터 여름 강습이 시작할 것을 생각하면 체력을 쓰고 싶지 않다.

히나코는 뭔가 하고 싶은 게 있을까? 얼굴을 보고 물어보려고 했을 때.

"……이츠키한테, 맡길게."

"어, 나?"

히나코는 고개를 가로저었다.

나는 카루이자와를 즐기는 법을 전혀 모르는데…… 히나코는 이번 여행을 기대하는 눈치였다.

그렇다면 아마도 함께 느긋하게 걷기만 해도 즐겁게 여기지 않을까?

"그러면 적당히 주변을 산책해 볼까?"

"응."

히나코는 다시 고개를 끄덕였다.

표정이 부드럽다. 다행이다. 그럴 마음이 있는 듯하다.

"이츠키 씨, 그 전에 겉옷을 하나 걸치는 게 좋을 거예요. 카루이자와는 서늘해서, 해가 지면 그 옷으로는 쌀쌀하지 않을까요."

"그러네요……. 잠시 방에서 챙겨올게요."

여름 피서지의 기온은 차원이 다르다는 건가.

그나저나 복장을 말하자면, 시즈네 씨는 여기서도 메이드 차림이다. 반대로 시즈네 씨는 덥지 않냐고 물어보고 싶지만, 아무렇지도 않은 얼굴을 보면 문제없을 듯하다.

두 사람을 기다리게 하면 미안하니까 걸음을 서둘러서 방으로 돌아간다.

그때──.

"음……."

또 시선을 느꼈다.

기분 탓으로 넘어가려고 했지만…… 아무래도 아닌 듯하다.

육감이 말한다. 시선의 주인은 지금, 내 뒤에 있다.

이런 고급 호텔에 날치기 같은 범죄를 저지를 만큼 고약한 사람은 없으리라.

한 발짝씩 다가오는 그 인물의 얼굴을 이번에는 반드시 확인하고자, 나는 발소리를 의지해서 아슬아슬하게 다가오도록 유인한 다음, 잽싸게 뒤돌아봤다.

그러나 그 전에──.

"누구게?"

눈앞이 깜깜해졌다.

작은 손바닥이 내 눈을 가렸다.

귀에 들어온 목소리에서, 나는 한 소녀의 얼굴을 떠올렸다.

"유, 리……?"

온몸에서 식은땀이 확 났다.

^(생활력 없음)

제발, 제발 아니기를.

그렇게 기도하지만, 그건 있을 수 없는 일이었다.

내가 이 목소리를 잘못 들을 리가 없으니까.

어릴 적부터 지금까지, 대략 10년 동안 가까이서 들은 이 목소리를——.

"——오랜만이네, 이츠키?"

두 눈을 가린 손이 떨어진다.

뒤돌아본 곳에는—— 내 소꿉친구 소녀가 서 있었다.

2장 여름 강습의 땅콩 폭탄

눈앞에 있는 소녀를, 한시라도 잊은 적은 없다.

매끄러운 짙은 갈색 머리카락은 어깨 근처로 길렀다. 키는…… 작다. 또래 중에서도 매우 작은 편으로, 초등학교와 중학교에서 키 순서로 설 때는 항상 앞쪽에 섰다.

이 소녀에 관해서는 전부 기억하고 있다.

초등학생 때도, 중학생 때도, 고등학생 때도, 쭉 함께 지냈다. 대략 10년에 걸쳐 알고 지낸 소꿉친구.

그 소녀가 왜 이 호텔에 있는지 물어보니————.

"그, 그랬구나. 이 호텔에서 아르바이트를……."

"그래. 고1 때도 했잖아? 리조트 아르바이트."

허리에 손을 짚고, 소녀는 말했다.

그랬군. 그래서 종업원 옷을 입었나.

위는 하얀 긴소매 셔츠로, 여름이라서 소매를 걷어붙였다. 아래는 검정 치마이고, 차분한 빨간색 앞치마를 둘렀다.

고풍스러우면서도 희미하게 화려함을 느끼게 하는 복장인데, 내가 아는 이 소녀라면 더 움직이기 편한 복장을 좋아할 것이다. 그러니 아르바이트 때 입는 옷이라면 이해할 수 있다.

"하, 하지만, 용케 이런 일자리를 찾았는걸."

"작년에 일한 호텔에 내 일을 인정해 준 사람이 있는데, 그 사람한테 더 좋은 일자리를 소개받았어. 그래서 이렇게 고급스러운 데로 온 거고."

"헤에, 그런 사정이……."

"여긴 진짜 좋은 곳인걸. 넓고, 정취도 있고. 이츠키, 그거 알아? 저기 가장 높은 데 있는 3성 방은 일반인은 묵을 수 없는, 부자들만을 위한 회원제라고 하더라? 우리랑 사는 세상이 다르다고 할까, 부러워."

"그, 러네……."

식은땀이 멎질 않는다.

여름인데도 온몸이 싸했다. 이게 피서지 카루이자와의 힘인가……?

"그래서? 이츠키는?"

아래에서 비스듬히, 날카로운 시선이 날아든다.

"이츠키는? 왜? 여기 있을까~?"

고개를 갸우뚱하며, 소녀가 나를 다그쳤다.

"저기, 사실은, 그게 있지…………."

"나랑 다르게 일하러 온 건 아닐 테고. 하지만 이츠키의 집을 생각하면 여행도 아니겠지~?"

"저기……."

"응응응응~~?"

당장에라도 주먹이 날아들 듯한 박력이었다.

"이츠키 님."

그때, 문득 뒤에서 누군가 내 이름을 불렀다.

돌아보니 메이드 차림인 시즈네 씨와 숙녀 모드인 히나코가 있었다.

"시간이 오래 걸리는 듯해서 확인차 왔는데, 그분은……."

시즈네 씨가 보는 소녀는 얼굴에 밝고 친근한 웃음을 띠었다.

"안녕하세요. 히라노 유리예요."

꾸벅. 머리를 살짝 숙이는 소녀―― 유리.

다시 머리를 들었을 때는 얼굴 가득 환한 웃음을 짓고 있었다.

"이츠키의 소꿉친구예요!"

"소꿉친구……입니까."

"네!"

유리는 기운차게 대답했다.

불길한 예감이 든 것이리라. 시즈네 씨의 눈이 나를 본다.

안타깝지만, 나는 고개를 크게 끄덕였다.

"유리는…… 제 과거를, 다 알아요."

즉, 내 정체를 감추기 어려운 상대라는 뜻이다.

상황을 눈치챈 시즈네 씨는 한숨을 도로 삼키는 모습을 보이고 고개를 끄덕였다.

"오늘 예정을 변경할 필요가 있겠군요."

◆

산책 예정을 중지하고, 우리는 유리에게 사정을 설명하기로
했다.

장소는 내가 묵는 2성 방이다.

예기치 못한 일로 내 방을 찾은 히나코는 잠시 침대를 빤히 바
라봤지만, 곧바로 시선을 돌렸다. 마음 같아선 침대에 확 뛰어
들고 싶겠지만, 지금의 히나코는 숙녀 모드다. 참길 바란다. 차
에서도 쭉 잤잖아.

"이제, 사정을 설명할게."

눈앞에 앉은 유리에게, 나는 내 처지를 설명했다.

조금 전. 방에 들어온 직후, 시즈네 씨가 내게만 들리도록 "텐
노지 님 패턴으로."라고 몰래 귀띔했다. 즉, 텐노지 양에게 한
설명을 유리에게도 똑같이 하면 된다는 뜻이다. ──히나코의
본성을 제외하고, 전부 설명한다.

"그렇게 된 거야……."

"어━━━━? 그래━━━? 흐━━━━━응?"

유리는 완전 무표정으로 맞장구를 치고 있었다.

눈빛이 무섭다.

"즉, 이츠키는 부모님이 야반도주해서 갈 데가 없을 때, 그 코
노하나 그룹의 아가씨가 거두어 준 거네. 그 뒤로 여기 코노하
나 히나코 양 아래에서 일하고, 측근(?)으로서 그 유명한 키오
우 학원에도 다닌다는 거지……."

그렇게 인식하면 된다. 나는 고개를 끄덕였다.

"어? 얼마나 농담이야?"

"전부 사실이야……."

"아니지. 그럴 리가 없잖아. 그렇게 만화 같은 줄거리를 말해도, 도저히 믿을 수 없어."

그렇겠지. 나도 그렇게 생각했다.

그러나 이건 틀림없는 사실이다. 믿어야 한다.

그보다도 나는 아까부터 스마트폰으로 누군가와 연락을 주고받는 시즈네 씨가 신경이 쓰였다.

내가 유리에게 사정을 설명하는 내내 통화 중이다. 그렇게 오랫동안 누구와 무슨 이야기를 하는 건지…… 희미하게 긴장을 느낀 그때, 시즈네 씨가 스마트폰에서 귀를 뗐다.

"확인했습니다."

"어?"

고개를 갸우뚱하는 유리에게, 시즈네 씨는 스마트폰을 주머니에 넣으며 말을 잇는다.

"히라노 유리, 16세. 이츠키 씨가 예전에 다닌 류구 고등학교의 2학년이군요. 부친의 이름은 헤이조, 모친의 이름은 미나에. 집에서는 조부모 대부터 이어지는 대중식당을 경영. 가게 이름은 히라마루. 밤낮으로 동네 손님이 붐비는 인기 가게인 듯하군요."

"어, 어, 어? 어떻게 그걸……."

"집과 점포를 겸하는 건물의 건설과 보험, 그 밖에도 은행 계좌 등으로 그룹 계열사를 이용해 주시더군요. 고객 리스트에 당신 정보가 있었습니다."

(생활력 없음)
~영애들이 다니는 명문 학교에서 제일가는 **아가씨**를 남몰래 돕는 시중 담당이 되었습니다~ 4

유리는 입을 쩍 벌리고 놀랐다.

나와 완전히 똑같은 방식으로 개인정보를 조사했나 보다. 이 나라에서 코노하나 그룹과 전혀 접점이 없는 사람은 드물겠지. 넋이 나간 유리를 보고, 나는 코노하나 그룹이 얼마나 큰지를 다시금 실감했다.

"이츠키 씨의 설명은 전부 진실입니다. 이걸로 신용해 주실 수 있을까요?"

"하, 할게. 안 하면…… 무섭잖아……."

유리는 완전히 겁에 질렸다.

이해한다. 그 마음은 진짜 이해한다.

나도 지금이야 시즈네 씨와의 대화에 익숙해졌지만, 처음에 는 그런 느낌이었다.

"미안해, 유리. 걱정하게 했지?"

"따, 딱히 널 걱정한 적은, 없어."

유리는 시선을 피했다.

"하지만 너…… 학교에서 이상한 소문이 돌더라?"

"어?"

"선생님은 그냥 전학을 갔다고 했는데…… 너희 집 사정은 다들 잘 알잖아? 지금쯤 밤의 유흥가에서 일하고 있을 거라든지, 참치잡이 어선에 있을 거라든지, 노예 옥션에 올라갔을 거라든지, 이런저런 소문이 있어."

마지막 건 좀 아니지.

"뭐, 사정은 이해했어. 학교 애들한테도 적당히 잘 말할게."

"그래…… 고마워."

"흥. 신경 쓰지 않아도 돼."

가볍게 고마움을 말하자, 유리가 의기양양한 얼굴로 가슴을 폈다.

몇백 번은 봤을 그 동작에서, 나는 예감했다.

아, 그걸 하겠군.

"왜냐면 나는, 이츠키의 누나니까!"

"동갑이잖아."

벌써 헤아릴 수 없을 만큼 경험한 대화다.

무심코 한숨이 나온다.

"누, 나……?"

히나코가 의아해했다.

나한테는 형제자매가 없다. 그건 시즈네 씨와 히나코도 안다.

"아, 얘는 나보다 반년 먼저 태어났어요. 그래서 옛날부터 누나처럼 구는 경우가 많거든요. 실제로는 동갑이니까 신경 쓰지 않아도 돼요."

"뭐라고?! 그런 소리를 하는구나~? 이츠키가 아르바이트로 바쁠 때는 내가 여러모로 보살펴 줬는데!"

"뭐, 그건 그렇지만……."

그렇게 말하면 어쩔 수 없다.

그러나 의기양양한 얼굴이 마음에 안 드니까 인정하기 싫다.

"이츠키는 나를 더 공경해야 해!"

"땅콩 주제에……."

"뭐, 뭐어어어어?! 키보다 나이 차이를 봐야지!"

"동갑이잖아!"

오히려 나를 오빠로 착각하는 경우가 더 많다.

몇 년이 지나도 변함없는 대화를 계속한다.

문득, 시즈네 씨가 눈을 휘둥그레 뜬 것을 깨달았다.

"어, 무슨 일 있나요?"

"아뇨……이츠키 씨가, 그런 말을 쓰는 게 신기해서요."

그런 말? 뭘 말하는 거지? 아, 꼬꼬마 말인가.

하긴, 이런 말은 유리한테나 쓰는 걸지도 모른다.

"애초에 있잖아, 무슨 일이야? 머리 모양이니 옷이니, 말쑥하게 정리하고 말이야."

"지금 사는 환경이 특수하니까. 노력한 거라고."

"흐응…… 이츠키 주제에 건방져. 에잇."

"어, 야! 만지지 마!"

유리가 발돋움해서 내 머리를 만졌다.

한마디 해주려고 유리의 얼굴을 보지만—— 그 얼굴은 부드러운 웃음을 띠고 있었다.

"너는 안 그래도 너무 애쓰는 버릇이 있으니까. 조금은 긴장을 푸는 게 좋아. 너희도 지금은 여름방학이잖아?"

"그렇게 말해도……."

장난치는 줄 알았더니, 신경을 써 주었다. 이런 구석이 있으니까 유리를 미워할 수 없고, 이러니저러니 해도 고마운 것이다.

"두 분 사이가, 참 좋군요."

그때, 눈보라가 분 줄 알았다.

무시무시한 위압감이 공기를 꽁꽁 얼린다.

아까부터 입을 다물고 가만히 서 있던 히나코가 우리를 슥 흘겨보고 있었다.

"그, 그래. 벌써 10년은 친하게 지냈으니까."

"10년, 인가요……."

히나코의 눈매가 가늘어졌다.

유리도 이변을 눈치챘는지 내게 귓속말한다.

(잠깐, 저기, 이츠키! 있잖아?! 코노하나 양이 날 흘겨보는 거 아니야?!)

(흘겨보는 거 맞네…….)

잘 모르겠지만, 유리는 히나코의 기분을 상하게 한 듯하다.

코노하나 그룹의 영애를 적으로 만들다니…… 10년 가까운 교류도 오늘로 끝인가.

그렇게 농담하듯 생각했지만, 잘 보니 나도 흘겨보는 것 같다.

이런 분위기를 유지하는 건 위험하다.

"그, 그나저나 유리, 슬슬 일하러 돌아가는 게 좋지 않을까? 이 시간대라면 아직 일하는 중이잖아?"

"앗?! 완전 깜빡했어!"

유리는 다급한 기색으로 본관을 향해 움직였다.

그리고 그 도중에 한 번 우리를 돌아보고,

"난 여기 식당에서 일해! 만나면 잘 부탁해!"

그렇게 말하고 재빠르게 뛰어갔다.

"참으로 활기가 넘치는 분이시군요."

"유리는 옛날부터 집에서 하는 식당 일을 도와서, 연상부터 연하까지 다양한 사람과 접했으니까 배짱이 두둑해요."

그 호탕함에 종종 끌려간 내가 하는 말이니까 확실하다.

그때, 히나코가 내 옷자락을 꽉 잡았다.

"이츠키……산책, 가자."

"아, 그래. 그랬지."

정신적 피로가 심하니 오늘은 근처를 슬쩍슬쩍 돌아다니는 걸로 끝내자. 다행히 호텔을 구경하는 것만으로도 시간을 잘 때울 수 있을 것 같다.

"어디 가고 싶은 데가 있어?"

내 질문에, 히나코는 나지막하게 대꾸했다.

"……식당만 아니면 돼."

◆

히나코와 느긋하게 산책을 즐긴 다음 날.

호텔 본관 식당에서. 아침 식사 중인 우리 앞에서, 유리가 머리를 꾸벅 숙였다.

"안녕하세요, 히라노 유리입니다."

같은 테이블에서 함께 식사 중이던 텐노지 양과 나리카가 유리를 봤다.

아까 식당에서 합류하고 함께 식사하기로 했을 적에 '아는 사

(생활력 없음)

람이 인사하러 올지도 모른다'고 미리 말했으니까, 두 사람은 놀란 기색이 없다. 히나코는 이미 소개를 마친 상태여서 숙녀 모드 특유의 우아한 미소를 얼굴에 고정하고 있었다.

"지금은 이 레스토랑에서 아르바이트 직원으로 일해요. 참고로 평소엔 이츠키의 소꿉친구를 합니다!"

"본업인 것처럼 말하지 마!"

오렌지 주스 잔을 내려놓고 나서, 나는 딴지를 걸었다.

식사는 뷔페 스타일이어서 테이블에 놓인 접시에는 다양한 요리가 올라가 있었다. 텐노지 양은 샐러드와 오믈렛. 나리카는 수프와 빵. 히나코는 다양한 요리를 골고루 챙겼는데, 이건 연기 중이니까 그런 거겠지. 원래 히나코라면 절대로 채소를 챙기지 않는다.

내가 먹는 채소와 생선살 샐러드는 고급스럽고 풍성한 맛이 났다. 코노하나 가문의 아침 식사에 내놓아도 손색이 없다.

"토모나리 씨의, 소꿉친구인가요."

"이츠키의, 소꿉친구……."

텐노지 양과 나리카가 흥미진진한 기색으로 보인다.

"일하는 중이잖아. 괜찮아?"

"잠깐 인사하러 온 거야. 주방장님도 일에 지장을 안 주면 마음대로 해도 된다고 했으니까. 뭐…… 네가 싫다면 그만두겠지만."

"아니, 나는 딱히 싫지 않지만……."

혹시 몰라서 다른 사람들의 눈치를 살폈다.

"전혀 불편하지 않아요."

텐노지 양이 홍차 잔을 내려놓고 말했다.

"나로선 신기한 인연이니, 거절할 이유는 하나도 없답니다. 친하게 지내면 좋겠어요."

"오, 오오…… 굉장해. 이게 상류층 아가씨의 대응……."

입에서 흘러나오는 관대한 말과 정중하고 차분하고 우아한 동작이 유리에게 신선하게 느껴진 듯하다.

유리의 그 모습은 과거의 나를 방불케 했다.

나도 처음에는 상류층 아가씨들의 일거수일투족에 놀랐다. 특히…… 텐노지 양에 한해서는 금발 롤이라는 특이한 모습도 맞물려 한층 큰 충격을 받았으리라.

"나, 나도, 같은 마음이다. 친하게 지내주면 좋겠어."

나리카도 유리를 보고 말했다.

그러나 처음 보는 사람 앞에서는 긴장을 타는지 표정이 평소보다 딱딱하게―― 학교에서 사람들이 무서워하는 나리카의 얼굴이 드러나고 말았다.

이대로 가다간 오해받을지도 모른다. 그렇게 여기고, 나는 유리에게 귀띔했다.

(유리. 나리카는 조금 익숙하지 않은 거니까…….)

(괜찮아. 나도 알아. 이런 사람은 우리 단골 중에도 있어.)

유리는 전혀 무서워하지 않았다.

여유가 느껴지는 웃음을 띠고 나리카를 마주 본다.

"미야코지마 양은, 그거지? 이츠키가 어릴 적에 만났다고 하는……."

"그, 그래. 아마도 그게 맞을 거다. 어릴 적에 이츠키의 보살 핌을 받은 적이 있다."

내가 어린 시절에 나리카의 집에서 한동안 지낸 것은 유리에게 말한 적이 있다. 유리는 예전부터 그 이야기에 흥미를 보였기에 나리카에게 주목한다.

"흐~응. 그 이츠키가, 남을 보살폈구나."

유리는 의미심장한 기색으로 나를 봤다.

"왜 보는데……."

"별로~. 다만 언제나 내가 돌보는 이츠키가 남을 보살피다니, 조금 신선하게 느껴졌거든."

그렇게 말하는 유리에게, 두 아가씨가 반응했다.

"돌본다고요……?"

"이츠키를, 돌봐……?"

히나코와 나리카가 고개를 갸우뚱했다.

두 사람 모두, 묘한 단어에 반응을 보였다.

"그나저나 세 사람 모두 상류층 아가씨라면 3성 객실에서 묵는 거 아니야? 3성 객실에는 요리를 직접 가져가 주니까 식당을 이용하는 의미가 없을 텐데……."

그런 유리의 의문에, 히나코가 대답했다.

"기왕이면 이렇게 여러분과 함께 식사하고 싶었거든요."

"그렇구나. 뭐, 이게 여행 같은 분위기도 나고, 즐거울 거야."

유리가 납득했다.

실제로는 '이츠키와 식사하고 싶다'는 것이다.

텐노지 양과 나리카는 '기왕이면 모두 함께 즐겁게 식사하고 싶다.' 라고 했지만, 두 사람 모두 마음씨가 착하니까 내 사정에 맞췄을 가능성을 부정할 수 없다.

그렇다면 언급하지 않는 게 좋다. 두 사람의 배려를 순전히 기쁘게 받아들이자.

"아…… 슬슬 휴식 시간이 끝날 거 같으니까, 나는 이쯤에서 가 볼게."

벽시계를 보고, 유리가 자리를 뜨려고 한다.

"아, 유리. 잠깐 기다려 봐."

나는 멈칫한 유리에게 다가가 조용히 말을 걸었다.

"어제도 말했다시피, 나는 키오우 학원에서 신분을 위장하고 있어. 방금 본 사람들한테는 사정을 말했으니까 괜찮지만, 다른 사람들에게는 절대로 말하지 마."

"알았어. 조심할게."

유리는 내 눈을 똑바로 보고 고개를 끄덕였다.

"그나저나 너, 평소에도 저렇게 인상이 강렬한 사람들과 지내는 거야?"

"뭐, 그렇지."

"금발 롤은…… 상류층 아가씨들 사이에선 보편적인 걸까?"

"아니야. 그건 텐노지 양만 특수한 거야."

머리가 금발 롤인 사람은 키오우 학원에도 한 사람밖에 없다.

"흐응………… 이츠키가 아는 사람은, 다 여자네."

따끔하게, 작은 가시가 돋친 말투였다.

조금 토라진 듯한 얼굴로, 유리는 히나코와 다른 사람들을 힐 끗 봤다.

"더군다나 예쁜 애들만 있고……. 키오우 학원 사람들은 다 저렇게 예뻐?"

"아, 아니, 그것도 저기 세 사람이 특별한 거라서……."

"왜 그렇게 특별한 사람들이 이츠키 주변에 몰린 건데."

"그건 진짜로, 우연이라고 할까……."

"흥―――――?"

유리가 눈을 슥 흘겼다. 전혀 신용하지 않네…….

나도 특별히 의식한 적은 없지만, 잘 생각해 보면 진짜 어째서 그런 걸까…….

"그나저나, 이츠키."

"왜?"

"설마, 어제 그걸로 내가 전부 납득할 줄 알았어?"

나는 입을 꾹 다물었다.

"메시지를 무시당했을 때, 슬펐단 말이지."

"윽."

"게임 센터에서 봤을 때도, 사실은 물어보고 싶은 게 많았는 데 눈치껏 참았단 말이지."

"끙……."

역시 기억하고 있었나…….

내가 시중 담당이 된 직후에 받은 메시지에 관해서는 일단 타이밍을 봐서 답장을 보냈지만, 한동안 무시했다는 사실을 부정할 수는 없다. 정확하게는 히나코에게 스마트폰을 압수당해서 답장을 보낼 수 없었던 거지만.

아무튼 시중 담당의 일이 정신없어서 나도 평소보다 대충 대응하고 말았다. 이 점에 대해서는 솔직히 미안하게 여긴다.

"오늘 밤, 나를 찾아와. 저녁쯤부터 시간이 비니까."

"네……."

나는 그 명령을 거부할 수 없었다.

◆

유리와 일단 헤어지고, 우리는 여름 강습 회장으로 이동했다.

오늘부터 강습이 시작된다. 산장처럼 생긴 회장에 들어선 우리는 교실 문을 열었다. 안에는 이미 학생이 20명 가까이 모여 있었다.

"저기 봐……. 키오우 학원 사람들 아니야?"

"진짜 상류층 아가씨야……."

"예쁜 사람밖에 없네."

"하지만 혼자 친해지기 쉬울 것 같은 사람이 있어……."

아마도 마지막은 나를 말하는 거겠지.

경기대회가 시작하기 전. 나는 나리카의 고민을 들어주면서 나를 향한 객관적 평가도 깨닫고, 히나코의 곁에 있어도 이상하게 보이지 않게 행동하도록 결심했다.

그때의 마음을 떠올리고 몸을 반듯하게 편다.

히나코와 다르게 나는 주목받는 것에 익숙하지 않아서 속으로 긴장했지만, 적어도 지금은 나 혼자 장소에 안 어울리게 보이지는 않았다.

얼마 전의 나라면 달랐으리라. 무시하는 발언이 한두 개쯤은 날아들었을지도 모른다.

"음. 자리는 지정인 것 같구나."

가장 앞에 있는 긴 책상에 각 학생의 이름과 자리를 표시한 종이가 테이프로 고정되어 있었다.

접수를 마친 순서대로 자리가 정해진 듯하다. 히나코의 옆자리에는 나리카가, 그리고 나는───.

"어머, 내가 옆자리 같군요."

텐노지 양이 나를 보고 말했다.

내 옆자리는 텐노지 양이다. 가방에서 필기도구를 꺼내고 자리에 앉았다.

얼마 후, 강사로 보이는 남자가 교단 앞에 섰다.

"여러분, 안녕하세요. 바로 1교시 수업을 시작하겠습니다."

이번 여름 강습 전용 교과서가 앞자리부터 넘어온다. 일주일만 해서 페이지는 많지 않지만, 내용은 엄청나게 빼곡했다. 그래서 조금 질겁했다.

그러나 이래 보여도 나는 평소 키오우 학원 수업에 따라가고 있다.

뇌를 필사적으로 돌려서, 좌우지간 수업에 따라가자.

(겨우 전반이 끝났어…….)

여름 강습은 매일 오전 10시부터 오후 6시까지 한다.

스케줄은 빡빡하지만, 고맙게도 점심을 제공해 준다. 키오우 학원에서 주최하는 만큼 고급 도시락을 마련해서, 일반 학교에서 참가한 학생들이 눈을 빛냈다.

점심 휴식이 끝나고, 오후 수업이 시작된다.

교실에 나이 지긋한 남자 강사가 들어왔다.

"이제부터는 미시경제학 수업을 시작합니다."

"미시…… 경제학?"

익숙하지 않은 단어를 듣고, 나는 고개를 갸우뚱했다.

멍하니 있을 때, 옆자리의 텐노지 양이 조용히 설명해 주었다.

"팸플릿을 안 보셨어요? 이번 여름 강습에서는 전국 명문대에서 교편을 잡은 교수를 초빙해 현대 비즈니스와 서비스에 관해 배우는 특별 강의를 들을 수 있답니다. 구체적으로는 경영학, 경제학, 법학, 공학을 공부할 수 있어요."

"그, 그렇구나……."

아무튼 고개를 끄덕여 봤지만, 잘 와닿지 않았다.

그런 내 마음을 간파했는지, 텐노지 양이 슬쩍 미소를 지었다.

"간단히 말해서, 제왕학이어요."

현실에 존재했어? 제왕학…….

여름 강습이 일반 수업에서는 배우지 않는 것도 배우는 컨셉인 것은 기억했지만, 설마 제왕학을 배울 줄은…… 도무지 예상하지 못했다.

교과서 페이지를 넘기자 미시경제학을 배운 다음에는 거시경제학을 배울 예정인 듯하다. 둘 다 모르는 내용이다.

마침내 경제학 수업이 끝났다.

나는 이미 만신창이였다.

"토모나리 씨, 괜찮아요?"

"괜찮……지 않아요……."

"교과서를 처음 받아서 예습할 수 없었을 테니까, 어쩔 수 없어요."

텐노지 양의 위로가 따스하다.

교실을 슬쩍 둘러보니 나 말고도 끙끙 앓는 학생이 몇 명 있었다. 역시 방금 수업은 특히나 어려웠던 듯하다.

텐노지 양의 말대로 예습할 수 있었으면 달랐을지도 모른다. 그러나 텐노지 양은 여유로워 보인다. 평소 이 분야를 공부한 걸까?

요즘은 키오우 학원에서의 생활도 익숙해졌지만, 그렇기에 나는 그 학생들의 대단함을 매일 통감하게 되었다. 코노하나 그룹의 영애인 히나코, 텐노지 그룹의 영애인 텐노지 양, 국내 최대 스포츠용품 메이커의 영애인 나리카. 이들이 사는 세상은 무척 멀고, 어렵다. 같은 높이에 서는 것은 전혀 쉽지 않다.

머리에서 피로를 토해내듯, 천천히 폐에 가득한 공기를 내쉬었다.

그러자 옆의 옆자리에서 이야기 소리가 들렸다.

"코노하나 양? 뭔가 걱정이 있는 표정인데, 무슨 일 있어?"

"아니요. 저는 평소와 똑같아요."

들려온 히나코의 목소리가 평소보다 조금 무겁게 느껴져서 시선만 돌려 히나코를 봤다. 그러자 히나코도 이쪽을 보고 있었는지 눈이 마주쳤다.

어쩌면 나를 걱정해 준 걸까?

괜찮아. 어떻게든 따라가고 있어. 그런 뜻을 담아서 손을 흔들자 히나코는 안심한 표정을 짓고 앞을 봤다.

쉬는 시간이 끝나고, 다음에는 정장 차림의 여자가 교실에 들어왔다.

"이제부터는 멀티미디어 개론 수업을 시작하겠어요. 이 수업에서는 우리가 평소 활용하는 매체…… 음성과 영상 매체에 관한 기초 기술을 배웠으면 해요."

아무래도 지금 교단에 선 사람은 공학부 교수인 듯하다.

수업을 들으니 서서히 기시감이 든다.

(아……. 이 내용은 알아.)

키오우 학원에서 여름방학이 시작되기 전. 나는 IT 관련 국가 자격증을 따려고 같은 반의 남학생, 키타 유스케와 함께 공부했다. 그때 배운 분야와 범위가 겹치는 듯하다.

"자, 이 문제는……."

강사가 학생을 지명해 문제를 풀게 하려고 교실을 둘러봤다.

히나코와 텐노지 양을 제외하고 거의 모든 학생이 시선을 피했다.

나는…… 피하지 않았다.

(생활력 없음)

"토모나리 학생, 부탁할게요."

강사가 자리표에서 내 이름을 확인하고 지명했다.

"어어…… 양자화입니다."

"정답이에요. 잘 아는군요."

강사는 감탄한 기색으로 미소를 지었다.

"아날로그 데이터를 디지털로 바꾸는 PCM은 표본화 뒤에 양자화를 합니다. 그 뒤에는 부호화에 의해 수치를 2진수로 변환하는 것도 기억해 주세요."

교실에 있는 학생들도 "오오." 하고 감탄하는 소리를 냈다.

우연히 공부한 범위가 겹쳐서 다행이다. 운이 좋은 건 맞지만, 주위의 감탄은 나도 키오우 학원 학생이라는 자각을 주어서 기쁘다.

"코노하나 양, 왠지 기분이 좋아 보이는걸."

"그래요? 평소와 똑같아요. 후후후."

이야기 소리가 들려서 히나코를 보자 어째서인지 득의양양하게 가슴을 폈다.

"토모나리 씨. 아까 그 문제를 용케 알았네요."

텐노지 양이 조용히 칭찬해 주었다.

"마침 공부하던 분야거든요. 우연히 답을 알았어요."

"장래에는 IT 분야로 진출할 것이어요?"

"아직 확실히 정해진 건 아니지만, 지금은 그럴 작정이에요."

처음에는 신분 위장을 위해서였다. 나는 키오우 학원에서 중견 IT 기업의 후계자로 통한다. 그 설정에 설득력을 주려고 공부하기 시작한 분야인데, 시즈네 씨의 조치로 IT 기업을 장래의 직장으로 소개받거나, 키타처럼 진짜 중견 IT 기업의 후계자와 접점이 생기는 동안에 의욕이 생긴 것이다.

"그렇다면 마침 잘됐으니까 텐노지 그룹의 기업을 몇 군데 소개하겠어요."

"어? 아니, 그건…… 그래도 되나요?"

"실력은 잘 체크하고 있으니까, 소개하는 것 정도는 문제없답니다."

텐노지 그룹의 이름에 부끄럽지 않게 항상 올바르게 행동할 것을 명심하는 텐노지 양이니까 예상한 바지만, 부정 채용을 할 마음은 추호도 없는 듯했다. 뭐…… 그건 코노하나 그룹도 마찬가지인가.

"다만 개인적으로는 토모나리 씨가 그룹 중핵인 비금속 메이커나 종합화학 메이커로 오면 좋겠어요."

"그건, 이유가 뭐죠?"

"이유가 뭐긴요. 그건……."

텐노지 양은 갑자기 수줍은 듯이 얼굴을 돌렸다.

"출세하면 그룹에서 중요한 직책에 앉을 수 있으니까요……. 그, 그러면 나와 함께 일하는 것도, 가능하니까요……."

아하. 그런 뜻이구나.

"좋네요. 예전에도 비슷한 말을 한 것 같지만, 텐노지 양과 함께 일하면 즐거울 것 같아요."

"네에……. 그, 그렇죠! 나도 그렇게 생각해요!"

텐노지 양은 무척 기쁜 듯이 말했다.

"여러분, 수업에 집중해 주세요."

강사가 눈을 흘겼다.

아까 들은 칭찬이 무효가 되었다……. 조금 느슨해진 걸지도 모르겠다.

나와 텐노지 양은 곧바로 머리를 숙이고 입을 다물었다.

"코, 코노하나 양, 왠지 기분이 언짢아 보이는데……?!"

"그래요? 평소와 똑같아요. 후후후."

히나코와 나리카의 대화가 들린다.

시선만 돌려서 히나코를 보자 어째서인지 쓰레기 보듯 나를 째려보고 있었다.

◆

"오늘 수업을 마치겠어요. 수고했어요. 일주일 뒤에 시험이 있으니까. 예습 복습을 게을리하지 마세요."

마지막 수업이 끝나고, 강사가 교실에서 나갔다.

"조금 피곤하네요."

교실을 나선 우리는 호텔로 돌아갔다.

"토모나리 씨는 이제부터 뭘 하셔요?"

"그러네요. 나는……."

유리는 밤에 보기로 했으니까 딱히 예정은 없다고 말하려고 했을 때…… 뒤에서 옷을 살짝 잡아당기는 느낌이 들었다.

히나코가 다른 사람들이 보이지 않는 위치에서 뭔가 말하고 싶은 눈치로 나를 보고 있다.

의도를 어렴풋이 이해한 나는 목구멍까지 올라왔던 말을 도로 삼키고 수정했다.

"오늘은 피곤하고, 내일 예습도 하고 싶으니까 얌전히 있으려고요."

"나도 오늘은 그렇게 하겠어요."

곧바로 히나코가 동의했다.

"뭐, 카루이자와 정도는 언제든지 올 수 있으니까요. 나도 느긋하게 있겠어요."

그 생각에는 찬성하기 어렵지만, 텐노지 양도 방에서 편하게 지내려는 듯하다.

"나리카는 어쩔래?"

"나도…… 머리가 한계야."

나리카는 나보다도 피로가 더 많이 쌓인 듯했다.

"여러분, 내일 또 봐요."

나는 2성 객실로 가고, 다른 아가씨들은 당연하게 3성 객실로 갔다.

방으로 돌아와 한동안 시간이 지나길 기다린다.

(어디 보자……. 슬슬 히나코와 합류할까.)

옷을 잡아당긴 이유는 아마도 그거겠지. 요즘은 몸 상태가 좋아졌다고 하지만, 조금 피곤하니까 저택에 있을 때처럼 지내고 싶은 것이다.

히나코의 방을 방문하는 모습을 텐노지 양이나 나리카가 목격하는 일은 되도록 없어야 한다. 10분 남짓 시간을 두었으니까 슬슬 문제없겠지. 그렇게 생각하고, 나는 방문에 손을 댔다.

그때, 스마트폰이 울렸다.

전화 상대는 시즈네 씨였다.

『이츠키 씨. 아마도 이쪽으로 오려고 하는 거겠죠?』

"네. 지금 막 방을 나서려는 참인데요."

『그게 말인데…… 아가씨께서 잠드셨습니다.』

"어?"

『내가 아가씨를 볼 테니까, 이츠키 씨는 자유롭게 지내도 괜찮아요.』

"그런, 가요."

생각지도 못한 타이밍에 자유시간을 받았다.

침대 협탁에 있는 시계를 슬쩍 본다.

(조금 이르지만…… 유리를 보러 갈까?)

일단 저녁쯤부터 시간이 빈다고 했으니까 괜찮겠지.

"사실은 이따가 유리와 만나기로 약속했거든요. 잠시 다녀올게요."

『알겠습니다.』

"무슨 일이 생기면 바로 말해 주세요."

그렇게 말하자 스마트폰 너머에서 시즈네 씨가 미소를 짓는 게 느껴졌다.

『이츠키 씨는 평소에 거의 쉬지도 않고 일해 주잖아요. 카루

^(생활력 없음)
~영애들이 다니는 명문 학교에서 제일가는 **아가씨**를 남몰래 돕는 시중 담당이 되었습니다~ 4

이자와에 있는 동안에는 편히 쉬세요.』

"고맙습니다……."

평소의 노력이 인정받은 것 같아서 기쁨이 북받쳤다.

『공부하느라 그럴 겨를은 없겠지만요.』

"지당하신 말씀입니다……."

전문적인 수업이 많아서 예습 복습이 필수다.

그러나 모처럼 이렇게 말해 주는 거니까. 카루이자와에 있는 동안에는 나도 조금은 자유롭게 지내도 괜찮을 것 같다. 공부를 소홀히 할 수는 없지만.

전화를 끊은 나는, 유리에게 메시지를 보냈다.

이츠키 : 지금 갈게.

유리 : 본관 204호실로 와. 배는 채우지 말고.

유리에게 금방 답장이 왔다.

보아하니 유리는 1성 방에서 숙박하는 듯하다. 하지만 리조트 아르바이트 직원은 종업원용 방에서 먹고 자고 한다는 이야기를 유리에게 들은 기억이 있는데…….

"배를 채우지 말라고……?"

저녁을 같이 먹자는 걸까?

일단 시즈네 씨에게 메시지로 '저녁을 먹고 올지도 모르겠습니다.' 라고 전했다.

"여긴가……."

문 앞에 서고, 인터폰을 눌렀다.

문구멍이 한순간 어두워지는가 싶더니, 곧 문이 열렸다.

"왔구나."

유리의 방에 들어간다.

방 넓이는 내가 묵는 2성 방과 크게 다르지 않았다. 숙박비의 차이는 방에서 보이는 경치가 반영된 거겠지. 언덕 위에 있는 2성 방. 그보다 더 위에 있는 3성 방과 비교하면 1성 방은 건물 높이가 낮아서 카루이자와의 대자연을 한눈에 볼 수 없다. 그 대신에 호텔 부지를 전망할 수 있는 구조였다. 호텔 자체가 호화롭고 넓어서 이것도 나름대로 흥미로운 경치다.

"유리, 이 방에서 묵는 거야?"

"응. 아르바이트 급료를 반으로 깎는 대신에 방을 하나 부탁했어. 애초에 나는 요리 실력을 갈고닦으려고 여기서 일하는 거니까. 게다가 기왕이면 손님 기분도 맛보고 싶잖아?"

"여전히, 요리에 관해서는 진지하구나."

"당연하지. 내가 우리 집을 물려받을 거니까."

유리가 의자를 손짓하며 말했다. 나는 그 의자에 앉았다.

집을 물려받는다. 그 말을 듣고, 나는 문득 히나코와 다른 아가씨들을 떠올렸다.

사는 세상은 다르지만, 유리가 사는 방식은 상류층 아가씨들과 비슷할지도 모른다. 유리도 하나의 집을── 가게의 간판을 짊어지기로 결심한 인간이다.

"뭐, 그건 됐고…… 나는 지금, 이츠키한테 조금 화났어."

유리는 담담하게 내 눈을 보고 말했다.

"정말, 조금이야……?"

"그렇게 말하면 더 화낼 거야."

"조용히 있겠습니다."

괜한 소리를 했다고 반성했다.

유리는 나를 앉히고도 본인은 앉으려고 하지 않았다.

본인이 그걸 아는지는 모르겠지만, 유리의 오래된 버릇이다. 키가 작아서 콤플렉스가 있는 유리는 중요한 이야기를 할 때 되도록 앉지 않으려고 한다. 작게 보이기 때문이다.

"자. 왜 내가 조금 화났을까요?"

유리가 묻는다.

가장 먼저 떠오른 것은 역시 처음 메시지에 대충 대처한 것이다.

"내 연락이 늦어서……?"

"그건 솔직히 별로 화나지 않아. 이츠키도 바빴을 테니까."

유리는 고개를 가로저었다.

다음에 떠오른 것은 변장한 텐노지 양과 함께 게임 센터로 놀러 갔을 때다. 그때는 깊이 생각하지 않았지만, 유리가 보면 그 광경은――.

"갑자기 사라진 주제에, 게임 센터에서 즐겁게 놀아서……?"

"그건 화나지만, 다른 종류야."

화나긴 했구나…….

그러나 더 짚이는 구석이 없다.

내가 고민하고 있을 때, 유리는 작게 한숨을 쉬었다.

"이츠키. 부모님이 야반도주하고, 갈 데가 없어졌다며?"

"그래……."

"그렇다면……."

유리는 감정을 꾹 참는 것처럼 입술을 깨물고 말했다.

"그렇다면…… 처음부터 날 의지하란 말이야."

눈이 살짝 커졌다.

유리는, 그렇게 생각해 주었나.

기쁨과 미안함, 여러 가지 감정이 가슴속에서 뒤죽박죽으로 섞였다.

내 소꿉친구인 유리는, 뭐든지 마음 편하게 말할 수 있는, 가장 거리가 가까운 친구다. 적어도 평소 그렇게 생각한다.

하지만 가끔은 이런 생각도 든다. 소꿉친구란 그렇게 단순한 관계가 아니다. 10년 가까이 함께한 상대는 부모님을 제외하고 유리밖에 없다.

내게 유리는 소중한 이웃이다.

유리도 나를 그렇게 여기겠지.

"미안해. 하지만 전부, 갑작스러워서. 부모님이 야반도주한 걸 알고, 진짜로 그 직후에 코노하나 양의 유괴 사건에 휘말렸어."

나는 작게 고개를 끄덕이는 유리에게 계속해서 말했다.

"만약 코노하나 양과 만나지 않았더라면…… 나는 유리에게 상담했을 거야."

"…………그래."

유리는 다시 작게 고개를 끄덕였다.

한동안 침묵이 이어졌다. 그러나 이 침묵은 필요한 의식이었다. 어느새 생긴 틈새를 떠올린 신뢰가 채워 나간다.

마침내 유리의 입에서 "후우." 하고 작은 숨소리가 흘러나왔다.

"이츠키. 저녁, 아직 안 먹었지?"

"그래. 배를 채우지 말라는 말을 들었으니까."

"차려 줄게. 방에 주방이 있으니까."

유리는 주방 카운터에 놓인 앞치마를 잽싸게 둘렀다. 오늘 아침에 일할 때 쓰던 고풍스러운 호텔 종업원용 앞치마가 아니라, 내 눈에도 익숙한 대중식당의 앞치마였다.

허리끈을 질끈 묶은 유리는 평소보다 의젓하고, 얼굴도 어른스럽게 보였다.

"뭘 주문하시겠어요?"

"어디 보자. 햄버그 세트."

"알았어. 항상 먹는 그거 말이지?"

그렇게 말하고 유리는 소형 냉장고를 열었다. 지금 일하는 식당에서 받았는지 안에는 고기와 채소 같은 몇 가지 식재료가 있었다.

익숙한 느낌으로 조리하기 시작하는 유리.

그 작은 등과 식칼로 재료를 다듬는 소리. 여기가 카루이자와라는 사실을 잊을 정도로, 내게는 낯익은 풍경이었다.

"오랜만인걸. 유리가 해주는 밥을 먹는 건."

나는 유리의 등에 대고 말을 걸었다.

"아르바이트 끝나고 툭하면 왔으니까."

"그래. 시식회에 불려서 말이지."

아까도 말한 바가 있지만, 유리는 요리에 관해서 진지하다. 이 번 아르바이트도 그 진지함이 계기가 된 것이리라.

유리는 예전의 나와 다르게 돈이 궁한 게 아니다. 고등학생이 되고 나서는 방학 때마다 리조트 아르바이트를 신청해서 나름 대로 유명한 호텔의 주방 스태프로 일했는데, 그건 요리 실력을 갈고닦기 위함이다.

"꿈은 여전하구나."

"물론이지."

유리는 장차 집에서 하는 대중식당을 물려받는다.

하지만 그것과는 별개로 한 가지 야망이 있었다.

"나는, 히라마루를 전국 체인점으로 만들 거야!"

유리는 주먹을 불끈 쥐고 선언했다.

그것이 유리의 꿈. 어릴 적부터 항상 말하던 야심이었다.

"응원할게."

"그렇게 말할 거라면 멋대로 사라지지 마. 내 시식 담당은 너 니까."

"미안해……."

요새는 시중 담당의 일도 짬을 내기 쉬워졌다. 다음에 잠시 자

(생활력 없음)

유시간을 받아서 유리의 집에 가 볼까?

"이츠키가 수업을 듣는 동안에 나도 이래저래 조사해 봤는데 말이야."

유리가 채소를 썰면서 말을 이었다.

"오늘 아침에 만난 세 사람은, 혹시 키오우 학원에서도 특히나 신분이 좋은 아이들 아니야?"

"뭐…… 집안이 특히 좋은 사람들일걸."

"역시나……. 오늘 아침에도 말했지만, 어쩌다가 그렇게 잘난 사람들하고 친해진 거야?"

오늘 아침에는 나도 그 말을 듣고 의문이 생겼다.

하지만 잘 생각해 보면 단순한 이유다.

"아마도 제일 처음에 코노하나 양과 만나서 그렇겠지."

모든 원인은 히나코다. 나는 히나코와 만나고, 히나코와 함께 행동하게 되면서 텐노지 양과 나리카와도 면식이 생겼다.

"코노하나 양과 만난 건, 나한테는 기적 같은 일이야."

정말이지, 평생의 운을 다 썼어도 이상하지 않다.

몇 달 전을 떠올리자…… 유리가 나를 바라보고 있었다.

"흐응."

"왜 그렇게 보는데?"

"딱히 이유는 없어. 왠지…… 싫다고 느꼈을 뿐이야."

의미를 몰라서 내가 고개를 갸우뚱하자 주문한 햄버그 세트가 나왔다.

"자, 기다렸지?"

내 맞은편 자리에 유리가 앉았다. 앞에는 나와 똑같은 햄버그 세트가 있다.

채소 샐러드, 흰쌀밥, 햄버그. 내가 유리의 집에서 자주 먹었던 메뉴다. 햄버그는 미리 준비한 것이리라. 그래도 이렇게 짧은 시간에 2인분을 준비할 수 있는 것도 전부 유리가 평소 요리에 익숙한 덕분이다.

"잘 먹겠습니다."

"잘 먹겠습니다."

둘이서 손을 맞대고 저녁밥을 먹는다.

나는 곧바로 햄버그를 입에 넣었다.

"어때?"

"맛있어!"

유리가 만족스러운 표정을 짓는다.

"넌 옛날부터 이걸 좋아했으니까."

"그래. 뭐였지? 이건 소소하게 맛의 비결이 있다고 했지?"

"차조기야. 잘게 다져서 넣어."

그랬지, 그랬지 하면서 맞장구를 치고, 나는 햄버그를 한입 가득 물었다.

"그리운걸……. 요새는 이런 요리를 안 먹어서 더 맛있어."

"그럴 줄 알아서 준비한 거야. 서민의 요리가 그리웠지?"

오랫동안 함께 지낸 만큼, 내 마음을 여유롭게 간파한 듯하다.

지금 이 자리에는 상류층 아가씨가 없다. 제삼자가 보는 것도 아니다. 그리고 내 눈앞에는 호화로운 코스 요리가 아니라 익숙한 정식이 있다.

테이블 매너도 너무 신경 쓸 필요가 없다.

일부러 호쾌하고 먹고 싶어진 나는 햄버그를 조금 크게 잘라서 한입에 넣어 보았다. 입술 주변이 조금 지저분해진다.

"다행이야."

앞을 보자 유리가 두 손으로 얼굴을 괴고 나를 보고 있었다.

"이츠키, 하나도 안 변했구나."

"너도 말이야."

한동안 만나지 않아도, 우리는 마음 편하게 함께 지낼 수 있는 소꿉친구였다.

온몸이 푸근해지는 기분을 느끼면서, 나는 유리의 요리를 맛있게 먹었다.

◆

유리와 헤어진 뒤, 완전히 어두워진 밤길을 걸어서 내 방으로 이동했다.

혹시 모르니까 내 볼일이 끝났다고 시즈네 씨에게 연락하는 게 좋지 않을까? 나는 주머니에서 스마트폰을 꺼내고 시즈네 씨에게 전화했다.

"아, 시즈네 씨. 이제 그쪽으로 갈 수 있는데, 어떻게 할까요?"

『그렇군요……. 그렇다면 와 주겠어요? 아가씨께서도 이츠키 씨와 이야기하고 싶은 듯하니까요.』

"알겠습니다."

듣자니 히나코는 잠에서 깬 듯하다.

『잠시 기다려 주세요. 아가씨께서 전하실 말씀이 있다고 하니까, 전화를 바꾸겠어요.』

전화에서 뒤척뒤척 소리가 났다.

몇 초 정도 기다리자 희미한 숨소리가 들렸다.

"히나코야?"

『응…… 감자칩 먹고 싶어.』

몸이 휘청거릴 뻔했다.

아마도 저쪽에서도 시즈네 씨가 비슷한 기분이겠지.

"시즈네 씨는 그래도 된대?"

『응………… 괜찮대.』

"알았어. 사러 갈 테니까 기다려 줘."

어떻게 보면 평소와 똑같아서 안심했다.

우리가 숙박하는 곳은 고급 호텔이지만, 돈만 내면 일반 손님도 이용할 수 있다. 본관 프런트를 지나면 작은 매점이 있는데, 그곳에서는 서민적인 상품도 많이 팔았다.

히나코가 바라는 감자칩을 찾아서 한 봉지 샀다.

매점을 나선 뒤에 스마트폰을 확인하자 시즈네 씨가 메시지로 호실을 알려주었다. 감자칩을 챙기고 히나코가 묵는 방으로 이동했다.

히나코와 시즈네 씨가 묵는 방은, 방을 넘어서 완전 집이었다.

(일단, 주위 시선을 조심하고…….)

여기가 히나코가 묵는 방이라는 사실을 아는 사람이 있을지도 모른다. 밤중에 내가 히나코의 방을 방문했다는 정보는 불필요한 오해를 낳을 수 있으므로, 알려져서는 안 되리라.

아무도 보는 사람이 없음을 확인하고, 나는 문을 두드렸다.

잠시 후 문이 열리고 시즈네 씨가 맞이해 주었다.

"실례합니다."

"보는 사람은 없었겠죠?"

"괜찮아요."

나는 잘 확인했다고 생각하지만, 혹시 모르니까 재빨리 방에 들어갔다.

"아가씨께선 2층에 계세요."

3성 객실은 내가 묵는 2성 객실과는 비교도 안 될 만큼 호화로웠다.

밖에서 봤을 때도 예상했지만, 이건 방이 아니라 집이다. 1층에는 큼직한 소파가 떡하니 자리를 잡은 거실이 펼쳐지고, 가구와 인테리어 수준도 2성 객실과 비교해서 한 등급 올라간 것처럼 보인다. 탁 트인 욕실도 있다고 한다.

"이게 3성 객실⋯⋯. 넓군요."

"흔히 말하는 빌라 양식이고, 스위트룸이니까요."

"빌라⋯⋯?"

"객실이 집처럼 한 동씩 나뉘는 걸 말해요. 참고로 스위트룸이란 거실과 침실이 분리된 양식을 말하죠."

그렇구나, 하고 고개를 끄덕였다. 스위트룸이라고 하면 나는 특별히 호화로운 방이라고 인식했지만, 실제로는 그런 의미가 있다는 것 같다.

"그러고 보니 여기는 회원제 객실이라고 하던데요⋯⋯."

"회원제이지만, 값은 별로 비싸지 않아요. 도심의 고급 호텔이면 1박에 100만 엔을 넘는 곳도 있으니까요."

"백만⋯⋯?!"

수업 중의 텐노지 양처럼 이상한 소리가 나왔다.

말 그대로 차원이 다르다.

"하지만 도심의 호텔은 신선하지 않을 겁니다."

"어? 왜죠?"

"우리가 평소 지내는 환경이 더 호화로우니까요. 그 점에서 보면 카루이자와 호텔은 입지를 잘 살렸으니까, 우리도 아직 신선하게 느끼겠죠."

시즈네 씨는 내가 이 호텔에 순수하게 감동하지 않은 것을 간파한 듯했다. 시즈네 씨도 비슷한 경험이 있었던 걸까⋯⋯?

2층에 올라가자 마찬가지로 넓은 침실이 있었다.

"어서 와⋯⋯."

앞에 보이는 침대에 드러누운 히나코가 나를 보고 손을 살랑살랑 흔들었다.

"자, 사 왔어."

"와⋯⋯!"

감자칩 봉지를 보여주자 히나코가 눈을 빛내며 기뻐했다.

그리고 그대로 침대에서 일어나 감자칩을 먹으러 올 줄 알았

(생활력 없음)

~영애들이 다니는 명문 학교에서 제일가는 **아가씨**를 남몰래 돕는 시중 담당이 되었습니다~ 4

는데…….

"먹여줘…….."

"알았어…….."

침대에 누운 채, 히나코는 작은 입을 쩍 벌렸다.

시즈네 씨가 '오늘 정도는 괜찮겠죠.' 라고 말하고 싶은 눈치로 고개를 끄덕여서, 나는 감자칩을 하나 꺼내 히나코의 입으로 가져갔다.

"으헤헤…… 감자칩, 맛있어…….."

아삭아삭 소리를 내며 감자칩을 먹는 히나코.

현대인이 상상할 수 있는 최대의 게으름이었다.

몇 시간 전의 여름 강습에서 사람들이 '예쁘다.' '상류층 아가씨다.' 라고 수군거리던 소녀와 같은 인물로는 도저히 생각되지 않을 정도다.

"이츠키도, 먹어도 되는걸……?"

"그래."

나도 감자칩을 먹는다.

시중 담당이 되고 나서는 대중식당에 나올 법한 가정적이고 일반적인 요리를 먹는 일이 없어졌지만, 유일하게 감자칩만은 먹을 기회가 더 늘어났을지도 모르겠다.

히나코에게 감자칩을 먹여주고, 다음에는 내가 감자칩을 먹는다.

교대로 감자칩을 먹을 때, 문득 이상한 기분이 들었다.

(응? 왠지 눅눅한 거 같은데…….)

조금 눅눅해도 별로 신경 쓸 일은 아니라고 생각해서 그대로 먹었다.

그러나 그때, 히나코가 얼굴을 붉히고 나를 보는 걸 알았다.

"…………."

"어, 어라……? 혹시 이건, 히나코가 입에 댄 거야……?"

"…………우으, 으."

"미, 미안해! 몰랐어!"

이미 다 먹었다.

히나코는 귀까지 빨개진 채로 부끄러운 듯 시선을 돌렸다.

답답한 침묵이 깔렸다.

"어흠."

떨어진 곳에서 우리를 지켜보던 시즈네 씨의 작은 헛기침 소리가 우리를 정신 차리게 했다.

정신을 차린 나는 테이블 위에 오늘 받은 교재가 있는 것을 알아챘다. 펼쳐진 노트는 공부한 흔적이 빼곡하게 남아 있었다.

"히나코, 공부했어?"

"응, 조금만."

드러누운 히나코가 대답했다.

"굉장한걸……. 대부분 완벽하게 풀었잖아."

"……칭찬해도, 돼."

히나코가 내 쪽으로 머리를 돌리고 말했다.

이건 쓰다듬으라는 뜻이겠지.

"잘했어."

"므으……."

사람을 좋아하는 고양이처럼, 히나코는 눈을 가늘게 떴다.

"히나코. 나도 공부해도 될까? 내일 예습을 하고 싶어서."

"응. 그러면 나는 그걸 뒤에서 볼래."

"봐도 즐겁지 않잖아."

그렇게 말하자 히나코가 고개를 가로저었다.

"평소랑 똑같은 풍경이…… 편해."

그리고 진짜 히나코 특유의, 확 풀어진 미소를 지었다.

책상 앞에서 공부하는 나. 침대에서 느긋하게 지내는 히나코. 하긴, 이건 평소 내 방에서 보는 풍경이다.

나는 히나코의 시선을 느끼면서 내일 예습을 시작했다.

옆에 있는 소파에서 누군가가 하품하는 게 느껴졌다.

"시즈네 씨, 졸리나 보네요."

"그러네요……. 요즘 일이 많이 몰렸으니까요."

반쯤 졸았는지 대답이 조금 늦었다.

시각은 오후 10시. 아직 잠들기 이른 시간이지만, 시즈네 씨는 저택에 있을 때도 항상 바쁜 것처럼 보인다. 평소 쌓인 피로가 드러난 걸지도 모른다.

"히나코는 제가 볼 테니까, 시즈네 씨는 주무셔도 돼요."

"아뇨, 그럴 수는……."

"시즈네 씨도 말했잖아요. 평소 쉬지도 않고 일하니까 카루이자와에 있는 동안에는 편하게 쉬어도 된다고……. 그건 시즈네 씨도 똑같은 거예요."

자기가 한 말이 고스란히 돌아올 줄은 추호도 몰랐겠지. 눈을 동그랗게 뜬 시즈네 씨에게, 나는 계속해서 말했다.

"가끔은 쉬세요."

"알겠습니다……. 그렇다면 감사히 먼저 물러나겠어요."

체념한 듯이 고개를 끄덕인 시즈네 씨는 푸근하게 미소를 지었다.

시즈네 씨가 잠옷으로 갈아입으려고 1층 욕실이 있는 곳으로 갔다. 갈아입은 다음에는 이 침실을 쓸 테니까, 나는 히나코에 눈짓해서 함께 1층 거실로 내려간다.

"이츠키…… 고마워."

히나코에게 빌린 교과서와 노트를 펼치자 어째서인지 고맙다는 말을 들었다.

"뭐가?"

"시즈네, 기뻐했어."

히나코가 소파에 드러누우며 말했다.

"그런 얼굴…… 좀처럼 못 봐."

"그렇구나……. 그렇다면 다행이고."

괜히 참견한 걸지도 모른다고 생각했지만, 말하길 잘했다.

"우웅…… 흐암."

히나코가 하품했다.

"히나코도 졸려 보이네."

"웅…… 그러는 이츠키도."

들켰나.

공부에 집중하려고 했지만, 조금씩 졸리기 시작했다. 몇 번인가 꾸벅꾸벅 졸던 것을 목격한 듯하다.

(조금만 더 예습하고 싶은걸. 내가 이 방에 드나드는 게 사람들 눈에 띄면 안 되지만…… 밖이 어두울 때 돌아가면 되겠지.)

늦어도 새벽이 되기 전에 돌아가면 되겠지.

그렇게 방심한 것이 실수였다——.

싸늘한 공기를 느끼고, 눈을 떴다.

닫힌 커튼 틈새로 포근한 햇빛이 들어오고 있었다.

"어……? 아침………………?"

자신이 언제 잠들었는지 기억나지 않는다.

곧바로 이변을 깨달았다. 잠옷이 아닌 옷차림. 침대가 아니라 소파에 누운 몸. 그리고 옆에서 새근새근 자는 히나코.

시계가 가리키는 시각은 오전 7시.

"아뿔싸……."

깜빡 잠들었다.

◆

"어제의 감동을 돌려주세요."

"정말 죄송합니다."

잠에서 깬 시즈네 씨에게, 나는 소파 위에서 머리를 조아리고 사죄했다.

시각은 오전 7시 30분. 아까 이후로 30분이 지났는데, 나는 아직 이 방에서 나가지 못했다.

　아직 이른 아침이다. 지금이라면 사람들 눈에 띄지 않고 나갈 수 있다고 생각해서 여러 번 바깥 상황을 살폈는데, 타이밍이 안 좋게도 숙박객 두 사람이 이야기에 푹 빠져 있었다. 이 주변에는 벤치나 정원 등, 차분하게 경관을 즐길 수 있는 곳이 많다. 본관 근처와 비교하면 지나다니는 사람이 적지만, 그만큼 사람마다 머무는 시간이 길었다.

　"이츠키 씨, 몸은 씻었나요?"

　"아뇨……. 안 씻었네요."

　"여름 강습이 시작할 때까지 남은 시간은 세 시간 정도. 아침 식사와 씻는 것까지 생각하면 너무 느긋하게 있을 수 없겠군요."

　히나코도 몸을 안 씻었을 것이다.

　"우웅…… 이츠키? 안녕……."

　옆 소파에서 푹 잠들었던 히나코가 눈을 떴다.

　"이츠키, 안 씻었어……?"

　손등으로 눈을 비비면서 히나코가 물어봤다.

　중간부터 우리 대화를 들은 듯하다.

　"그, 그래."

　"그러면…… 같이, 씻자……."

　"아니, 지금은 그럴 때가 아니고……."

　슬쩍 거절하자 히나코가 못마땅한 듯 볼을 부풀렸다. 미안하지만, 지금은 여유가 없다.

뭔가 좋은 수가 없을지 생각했을 때, 커다란 창문 너머에 있는 베란다가 보였다. 창문에 다가가 베란다와 그 너머에 펼쳐진 풍경을 본다.

조금 높지만, 난간 아래에는 모래가 깔린 바닥이 있었다.

"여기로 나갈 수 있을 것 같은데요……."

"가능한지 아닌지를 따지면 가능하겠죠. 하지만 조금 위험하지 않나요?"

"아뇨, 이 실수는 제가 부주의한 탓이니까…… 잘못은 스스로 만회하겠습니다!"

나는 현관에서 신발을 가져와서 베란다에서 신었다.

다행히 이쪽으로는 사람이 보이지 않았다. 그러나 타이밍의 문제일지도 모르니까 주춤거릴 여유는 없다. 난간을 뛰어넘어 신중하게 착지한다.

"좋았어……."

호신술과 댄스 레슨과 테니스. 시중 담당이 되고 나서부터 이러니저러니 해도 몸을 자주 단련한 보람이 있었다.

베란다에 있는 시즈네 씨에게 몸짓으로 무사함을 알린다.

위기는 넘겼다. 안도해서 가슴을 쓸어내린 나는 느긋하게 내 방으로 향한다.

그때——.

"이, 츠키……?"

등 뒤에서 누가 내 이름을 불렀다.

뒤돌아보니 키가 작은 소녀가 서 있었다.

"유, 유리? 안녕……. 무, 무슨 일이야?"

"오늘 일은 오후에 있으니까…… 잠깐 산책하고 있었어. 그보다……."

유리는 얼굴을 떨면서 입을 열었다.

"바, 방금…… 코노하나 양의 방 베란다에서, 사람이 뛰어내린 걸 봤어. 그거…… 이츠키지?"

"무무무, 무슨 소리인지, 전혀……."

목격당한 듯하다.

나는 얼굴을 돌리고 얼버무리려고 했다. 그러나 유리의 시선은 여전히 내게 꽂혔다.

"그, 그런데 유리 넌 어떻게 코노하나 양의 방을 알아……?"

"프런트 업무도 도왔으니까 숙박명부를 볼 기회가 있었어. 아니, 말 돌리지 마."

큭…… 틀렸나.

은근슬쩍 말을 돌리려고 한 것이 들켰다.

"지, 집사야, 집사. 코노하나 가문에는 집사가 많아서, 그 사람과 착각한 거겠지."

"아, 아하. 뭐야, 그런 거구나……."

내가 생각해도 참 좋은 변명 같다.

유리도 납득한 기색을 보이는데——.

"————아니, 내가 널 잘못 볼 리가 없잖아."

정색하고 말했다.

74 · 아가씨 돌보기
~영애들이 다니는 명문 학교에서 제일가는 **아가씨**를 남몰래 돕는 시중 담당이 되었습니다~ 4
〔생활력 없음〕

아무래도 나는 가장 들켜서는 안 되는 상대에게 들킨 것 같다.

식은땀이 흐른다. 머릿속에선 변명이 더 떠오르지 않는다.

하는 수 없다. 이럴 때는 최종 수단에 의지할 수밖에 없다.

"나, 난, 지금 바빠!"

"어?! 잠깐, 이츠키?!"

나는 도망쳤다.

◆

서둘러서 내 방으로 돌아간 나는 몸을 씻고 옷을 갈아입은 다음, 식당에서 아침 식사를 하고 나서 여름 강습 교실로 갔다.

유리는 오후 근무라서 식당에서 얼굴을 마주치지 않았다. 하지만 금방 또 추궁당하리라. 그때의 대책을 생각해 두어야 한다.

점심시간.

교과서와 노트를 가방에 넣은 나는 왜건에 실린 고급 도시락을 하나 챙겨서 자리로 돌아왔다.

"변명을, 생각해야겠는데……."

"이츠키, 무슨 일 있어?"

혼잣말을 듣고, 내 맞은편 자리에 앉은 나리카가 물어봤다.

나는 "아무 일도 아니야."라고만 대답했다.

자리가 가까워서 우리는 넷이서 함께 식사했다. 왠지 몇 달 전의 티파티가 생각나서 그리운 느낌이 들지만, 지금은 순수하게 그 기분을 즐길 여유가 없다.

"토모나리 씨, 이번엔 예습하고 왔나 보군요."

"그렇지. 어제는 일부 과목을 빼고 엉망이었으니까."

옆자리에서 함께 수업을 들은 텐노지 양이 어제와 오늘 사이에 내 집중력이 달라진 것을 간파한 듯하다. 히나코의 방에서 예습한 덕분에 오늘 수업에 따라갈 수 있었다.

"그러고 보니 오늘 아침엔 히라노 양이 없었군."

나리카가 단맛이 강한 조림 요리를 먹으며 문득 생각난 것처럼 중얼거렸다.

"오늘은 오후부터 일한대."

"그랬군."

유리에게 들은 말을 전하자 나리카가 납득했다.

"기왕이면 이야기할 기회가 더 있으면 좋겠는데……."

"그렇게 말해주면 유리도 기뻐할 거예요. 다만 모두의 시간이 맞을 때는 밤밖에 없을 것 같네요."

텐노지 양이 아쉬운 듯이 말하고, 나는 쓴웃음을 지었다.

우리도 나름대로 바쁘니까 낮 시간대에는 시간을 낼 수 없다.

"아, 그, 그렇다면, 하고 싶은 게 있는데……!"

나리카가 용기를 쥐어짠 기색으로 우리에게 말했다.

◆

나리카가 말한, 하고 싶은 것이란——즉, 잠옷 파티였다.

아가씨들은 집안의 원칙도 있어서 절도를 중시하므로, 취침 시간이 되면 각자 자기 방으로 돌아가기로 했다. 즉, 하룻밤을 같이 보내는 자리는 아니다. 그래도 평소 함께 보낼 수 없는 밤 시간대에, 평소 보기 어려운 잠옷 차림으로 모이는 것은 일상에서 벗어난 분위기를 즐기는 이벤트가 되리라.

나리카의 제안에 모두가 찬성한 뒤, 나는 곧장 전화로 유리에게 확인해 봤다.

『괜찮아.』

유리의 대답은 빨랐다.

유리는 옛날부터 남들과 잘 사귀는 부류의 사람이다. 키오우 학원의 아가씨들이 상대라도 주눅이 들지 않을 것은 이제까지의 낌새로도 알았으니까, 승낙해 줄 것으로 예상했지만——.

『너한테도 물어보고 싶은 게 있으니까.』

마지막에 불길한 소리를 들어서, 그것만이 마음에 걸렸다.

파티 회장은 유리의 방으로 했다. 히나코, 텐노지 양, 나리카는 넓은 3성 객실에서 숙박하는데, 사용인도 함께 묵는다고 했다. 기왕이면 다섯 명만 있는 공간이 더 나을 거라고 했다.

솔직히 히나코의 방에는 시즈네 씨 말고 다른 사용인이 없고, 시즈네 씨라면 곁에 있어도 문제없을 것 같다. 하지만 나는 어제 히나코의 방에 감자칩을 사서 간 것을 떠올렸다. 그런 부분에서 히나코의 본성이 드러날 가능성이 전혀 없지는 않으니까, 실수하지 않기 위해서라도 유리의 방에서 하는 것에 동의했다.

"그나저나 나리카도 성장했구나."

유리의 방으로 가면서, 나는 옆에 있는 나리카를 보고 중얼거렸다.

"가, 갑자기 무슨 소리야······."

"아니, 설마 나리카가 모두를 끌어들인 이벤트를 기획할 줄은 몰라서······."

"훗. 이 정도는 나도 할 수 있게 되었다. 가령 거절당하더라도, 하루 내내 누워 지내면 회복할 수 있다."

"대미지가 큰 거잖아."

거절하지 않길 잘했다······.

"그런데 어떻게 잠옷 파티를 알았어?"

"아, 그렇지. 요전번에 막과자 가게에서 동네 초등학생 또래의 아이들이 아주 즐거운 눈치로 잠옷 파티 이야기를 하더군. 그걸 들으니 부러워졌다."

그랬군. 그다지 상류층 아가씨답지 않은 기획이라고 생각했는데, 듣자니 원래부터 일반인들의 이야기가 계기인 것 같다. 그렇다면 납득할 수 있다.

유리의 방에 도착하고, 나는 인터폰을 눌렀다.

"어서 와."

문이 열리고, 잠옷 차림의 유리가 맞이해 주었다.

"히라노 양, 잘 부탁드려요."

"응, 나도 잘 부탁해! 이츠키가 연락했을 때부터 기대했단 말이지~."

유리는 겉치레가 아니라 진심으로 기대하는 눈치였다.

(생활력 없음)

"소파와 침대를 붙였으니까 적당히 앉아."

"나는 의자라도 좋다."

"안 돼. 잠옷 파티라고 하면 바닥이나 침대잖아."

그랬나……?

사실은 나도 잠옷 파티를 잘 모른다. 편견일지도 모르지만, 잠옷 파티는 여자들이나 한다고 생각했다.

침대에 앉는 건 조금 거북해서, 나는 소파에 앉았다.

"이런 건, 처음이에요."

"그, 그렇지……. 내가 먼저 말을 꺼냈지만, 긴장된다."

"즐거운 시간을 보낼 것 같군요."

침대 위에서는 아가씨들이 사이좋게 담소를 나누고 있었다.

그 광경을 본 나는…… 왠지 멋쩍은 기분이 들었다.

"토모나리 씨, 무슨 일 있어요?"

"아니, 뭐랄까……."

내 이변을 눈치챈 텐노지 양이 고개를 갸우뚱했다.

나는 시선을 돌리고 얼버무리지만…… 유리가 음흉하게 씩 웃었다.

"남자한테는 참 좋은 경치겠지~?"

"그래……. 유리는 익숙하지만."

"익숙해지지 마."

유리가 내 머리를 손으로 툭 쳤다.

모두의 잠옷 차림은 평소와 달라 신선하고, 귀여워서, 남자인 나를 동요하게 하는 신기한 매력이 있었다.

잠옷이라고 해도 유리의 방에 도착할 때까지 밖을 걸어야 해서 사람들이 봐도 문제가 되지 않는 복장이다. 호텔 객실에 비치된 잠옷도 있지만, 기왕이면 본인들이 가져온 잠옷을 입자는 이야기가 나와서, 나도 평소 쓰는 수수한 잠옷을 입었다.

히나코의 잠옷은 연한 분홍색에 목깃이 달렸다. 상류층 아가씨다운 단정한 분위기가 희미하게 남아 있다. 진짜 히나코라면 더 편한 차림을 할 때가 많지만, 이 잠옷도 저택에서 몇 번 본 적이 있다. 아마도 아끼는 잠옷이겠지.

텐노지 양의 잠옷은 하늘색 원피스로, 리본이 달려서 굳이 말하자면 우아하게 생겼다. 라이벌로 보는 히나코가 있어서 그런지, 내가 텐노지 양의 집에서 묵었을 때와 다르게 머리가 롤 모양이다. 머리 모양과 텐노지 양 자신의 우아함이 맞물려 무도회에 나간 드레스 차림의 영애와 같은 기품이 느껴졌다.

나리카는 새하얀 잠옷이었다. 귀여운 프릴 장식이 달렸고, 사복 때처럼 아래는 기장이 짧다. 나리카라고 하면 스포츠에 집중했을 때의 늠름한 모습이 저절로 떠올라서 움직이기 편한 복장을 예상했는데, 이 잠옷 차림은 정반대로 평범한 소녀다워서, 나리카의 새로운 면모를 보는 듯했다.

"하지만 이츠키가 넋이 나가는 마음도 알 것 같아. 진짜 상류층 아가씨는 잠옷을 입어도 근사하게 보인다고 할까⋯."

유리는 왠지 부러운 눈치로 세 아가씨를 봤다.

참고로 유리의 잠옷은 위가 캐미솔과 후드티, 아래는 숏팬츠로, 색은 회색으로 통일되었다. 후드티를 걸쳐서 잠옷보다는

(생활력 없음)
~영애들이 다니는 명문 학교에서 제일가는 **아가씨**를 남몰래 돕는 시종 담당이 되었습니다~ 4

실내 활동복 같은 인상을 주는데, 그것과 관계없이 나는 아까부터 속으로 안절부절못하고 있었다.

캐미솔 사이즈가 몸에 안 맞는지, 아까부터 가슴 언저리가 아슬아슬한 느낌이다. 그래서 나는 유리가 자세를 흐트러뜨릴 때마다 시선을 돌려야 했다.

"솔직히…… 가장 민망한 건 너란 말이지."

"어? 저기, 이상한 데 보지 마!"

더 참을 수 없어서, 내가 먼저 말했다.

유리가 이쪽에서 등을 돌리고 파카의 지퍼를 올렸다. 자주 봐서 익숙하다고는 하나, 나도 남자다. 너무 방심하지 말았으면 좋겠다.

"변태는 무시하고, 잠옷 파티를 시작해요."

조금은 본 것을 부정할 수 없어서, 이번만큼은 나도 그 비난을 그냥 넘어갔다.

"그래서? 무슨 이야기를 할까? 잠옷 파티라면 역시 연애 이야기?"

"그, 그런 건, 아직 이르지 않나……."

"어? 그래?"

얼굴이 빨개져서 고개를 젓는 나리카에게, 유리는 두 눈을 동그랗게 떴다.

이 아가씨는 기본적으로 연애 경험이 부족해서, 일반인과 비교하면 면역이 약하다.

"기왕이면 두 분의 이야기를 듣고 싶군요."

"저도, 두 분의 옛날 이야기를 듣고 싶어요."

텐노지 양의 발언에 히나코도 동의했다.

나와 유리는 서로 얼굴을 봤다.

"나랑 이츠키의 옛날 이야기? 대부분 내가 이츠키 뒤치다꺼리를 한 이야기인데."

"아니지. 내가 유리에게 여기저기 끌려다닌 이야기야."

"말이 심하네. 별로 끌고 다니진 않았잖아."

"유리…… 설마, 기억을 잃었어……?!"

"아니야! 잘 기억하고 말하는 거야!"

조금 믿기지 않는 발언이어서, 나는 한순간 유리의 기억상실을 의심했다.

어젯밤에 나를 불러낸 사람이 누군데.

"그러고 보니 히라노 양은 어제, 토모나리 군을 돌봤다고 말했었죠."

히나코가 말했다.

어제 아침에 그런 소리를 멋대로 하긴 했지.

"맞아. 내가 이츠키를 돌봤다고 해도 과언이 아니야."

"그건 과언이 맞는데."

재빨리 정정했다.

그러나──.

"과언은 맞는데…… 실제로, 유리가 없었으면 큰일이 날 뻔한 적도 있었지."

아가씨들이 나를 봤다.

나는 과거를 떠올리면서 설명했다.

"고등학생이 되고 나서부터, 나는 매일 아르바이트만 해서 학급 모임에 참가할 수 없었어. 그래서 속으로는 반 아이들이 이상하게 여기지 않을까 불안했는데…… 의외로 아무 일 없이 적응할 수 있었단 말이지."

그때의 신기한 느낌은 지금도 기억하고 있다.

나는 집세와 식비, 그리고 학비를 벌려고 입학 초부터 아르바이트를 시작했다. 그래서 학급 친목 모임에도 참가하지 못하고, 1년 동안 고립하는 것을 각오했었다.

하지만 실제로는 어찌 된 일인지 반에서 모두가 나를 따스하게 대해 주었다.

마치 내 사정을 다 아는 것처럼——.

"신기해서 반 아이에게 물어봤더니, 유리가 내 사정을 슬쩍 모두에게 전한 것 같더라고. 반에서 나를 받아들여 준 건, 유리 덕분이야."

고1 때, 나와 유리는 같은 반이었다.

나중에 들은 이야기로는, 유리는 친목 모임 때 불참한 내 사정을 설명해 주었다나 보다. 가정 형편으로 어쩔 수 없이 아르바이트를 많이 해야 한다는 것을, 그래서 사람들과의 교류가 줄어들었다는 것을, 슬쩍 알려주었다는 듯하다. 한편으로 우리 부모님에 관한 자세한 정보는 남들이 물어봐도 대답하지 않고, 개인정보를 신경 써서 모두에게 내 이야기를 해 주었다.

이 이야기를 들었을 때는 진짜 감동했다. 눈물이 찔끔 나왔다.

(생활력 없음)

유리는 내가 모르는 곳에서 나를 도와준 것이다.

"뭐, 나는 당연한 일을 한 거야."

유리는 매우 유쾌한 투로 말했다.

"왜냐면 나는, 이츠키의 누나니까!"

"동갑이잖아."

가슴을 펴고 의기양양한 표정을 짓는 유리에게, 나는 정해진 딴지를 걸었다.

"그러고 보니 나, 텐노지 양에게 물어보고 싶은 게 있는데."

"어머, 그게 무엇이어요?"

유리는 알기 쉽게 화제를 바꿨다.

"두 달 전쯤이었나……. 이츠키랑 게임 센터에 있었던 거, 텐노지 양 맞지? 그때랑 지금은 차림새가 전혀 달라서, 처음엔 몰랐는데……."

"네, 그랬죠. 내가 맞아요."

"흐응……. 혹시 두 사람은, 꽤 좋은 사이야……?"

"네엣?! 따따따, 딱히, 나랑 토모나리 씨는, 그런 관계가……?!"

텐노지 양의 얼굴이 새빨개졌다.

침묵과 어색한 분위기가 깔린다.

시계 초침이 움직이는 소리만이 들리는 가운데── 히나코가 입을 열었다.

"참고로, 저도 토모나리 군과 같이 게임 센터에 갔어요."

"어?"

히나코가 부드럽게 웃으며 말하자 텐노지 양이 깜짝 놀랐다.

"차, 참고로, 나도 갔다."

"어?"

나리카가 조심조심 말하자 히나코가 깜짝 놀랐다.

불길한 침묵이 생긴다.

잘 모르겠지만, 아가씨들 사이에서 뜨거운 불똥이 튀는 듯한 기분이 들었다.

"이츠키…… 너, 내가 모르는 데서 인간쓰레기가 됐구나."

"인간쓰레기?!"

"이 변태 인간쓰레기."

말이 지독하다.

텐노지 양은 어쩔 수 없더라도, 히나코와 나리카는 부탁받아서 함께한 건데…….

그때, 나리카가 문득 시선을 이리저리 돌렸다.

"저기…… 아까부터 뭔가, 좋은 냄새가 나지 않아?"

"아, 잠깐 요리 연습을 했어."

"요리?"

나리카가 고개를 갸우뚱했다.

"유리네 집은 식당을 하고, 본인도 요리사가 되려고 하거든."

그러고 보니 여기서 유리의 집안 사정을 아는 사람이 나와 히나코밖에 없다는 사실을 떠올리고 설명을 보탰다.

듣고 보니 시큼한 느낌이 나는 향기가 났다.

"잠옷 파티를 할 거면 과자 정도는 만들 걸 그랬어."

"과자도 만들 수 있구나…….."

"그럼. 뭐, 과자는 가게에서 낼 일이 거의 없으니까 취미 수준이지만 말이야."

유리는 겸손하게 말하지만, 과자 만들기 실력도 좋았던 기억이 있다.

옛날에 나한테도 만들어 준 적이 있었다.

"어머, 저 믹서는 우리 회사 제품이군요."

"어, 그래?"

주방을 보고 텐노지 양이 말하자 유리가 눈을 동그랗게 뜨고 놀랐다.

"저 믹서, 소형이면서 분해가 편하고, 손질하기 간단해서 아끼는 물건이야."

"개발자에게 말해 두겠어요. 고심해서 설계한 물건이니까 기뻐하겠죠."

텐노지 양은 마치 자기 일처럼 기쁜 눈치로 고개를 끄덕였다.

실제로 자기 일처럼 생각한 거겠지. 믹서 같은 제품 하나에 담긴 개발자의 고심을 알 정도다. 당사자 의식이 강하다고 해야 할까?

텐노지 그룹의 기쁨은 텐노지 양의 기쁨이기도 하다.

"그나저나 이상한 데서 연결점이 있네."

"텐노지 그룹은 뭐든지 하니까요. 이런 일도 딱히 드물지 않답니다? 저 냉장고도 우리 제품이니까요."

"그, 그렇구나…….."

믹서를 기적 같은 사례로 여겼던 유리는, 그것이 사실은 필연임을 알고 놀라움을 넘어서 당혹스러운 느낌이었다.

"이만한 호텔이면 눈에 익은 물건이 몇 가지 있어요. 하긴, 그건 코노하나 히나코도 마찬가지겠지만요."

텐노지 양이 경쟁심을 드러낸 눈으로 히나코를 봤다.

히나코는 쓴웃음을 지으며 고개를 끄덕였다.

"예를 들어서, 이 호텔에서 쓰이는 침대는 코노하나 그룹의 제품이네요."

"치, 침대……? 그러고 보니 그거, 무진장 편한데……."

내 방에 있는 침대도 잠이 잘 왔다. 아마도 개인을 대상으로 판매하지 않는 브랜드 제품이리라.

"참고로, 저기, 미야코지마 양은 그런 게……."

"우리 집은 평범한 스포츠용품점이니까 말이다. 안타깝게도 요리나 숙박 시설과 관계가 있는 물건은 잘 만들지 않는다. 현관에 있는 흰색 스니커. 그건 히라노 양 거겠지?"

"아, 응. 그렇긴 한데……."

"그건 우리 상품이다. 우리 집에선 원래 경기화를 개발했지만, 요새는 일반인을 대상으로 하는 스니커도 개발하고 있어서 말이지."

"아, 아하, 그렇구, 나……."

유리는 이제 뭐라고 대답해야 좋을지 몰라서 눈만 깜빡이고 있었다.

"패션의 다양화는 여러 업계에서 환영하니까 말이어요."

"그래. 등산화가 일반인들에게 퍼진다든지, 낚시용품 메이커가 로고를 바꾸면서 의류 유통업계에 진출한다든지. 요새는 그런 흐름이 많으니까."

"텐노지 그룹의 의류 유통업계 쪽 팹리스 메이커에 따르면, 요즘은——."

대화가 점점 고차원 영역으로 들어섰다.

입을 딱 벌리고 딱딱해진 유리를 보고, 나는 고개를 크게 끄덕였다.

"이해해, 유리. 나도 처음엔 그랬어."

"너도 참 고생이 많구나……."

그렇단 말이지……. 진짜로, 고생이 많아…….

내가 키오우 학원에서 자연스럽게 행동할 수 있기까지, 얼마나 노력했는데…….

"아차, 실례했어요. 이야기가 탈선하고 말았군요."

텐노지 양이 사과했다.

뭐, 유리도 키오우 학원에서 평소 하는 대화를 알 수 있었을 테니까 나름대로 신선한 기분이 들었겠지.

"아…… 그나저나 나는 코노하나 양한테도 물어보고 싶은 게 있는데……."

유리가 히나코를 보고 말했다.

"사실은 오늘 아침에 이츠키가 코노하나 양의 방에서 나오는 걸 봤는데…… 뭘 한 거야?"

"——."

갑작스럽게 튀어나온 말에, 나는 할 말을 잃었다.

보니까 텐노지 양과 나리카도 눈을 크게 떴다.

유리, 얘가 진짜…… 설마 내게 물어보지 않고 히나코에게 물어볼 줄이야.

잠옷 파티가 끝난 다음에 남몰래 나한테 물어볼 줄 알아서 완전히 방심했다. 동요를 숨기기 위해 침묵했다.

그러나 히나코는 켕기는 구석이 하나도 없다는 듯이 미소를 지었다.

"아, 그러고 보니 깜빡 잊었네요."

히나코가 일어나서 챙겨온 가방을 뒤진다.

그러고 보니 히나코는 어째서인지 가방을 가져왔었다.

"토모나리 군. 이걸 돌려드릴게요."

그렇게 말하고 히나코가 꺼낸 건── 어젯밤에 내가 히나코의 방에서 빌린 노트였다. 엄밀하게 말하면 종이 하나하나를 뜯어서 만든 거라서 노트보다는 종이 다발에 가깝지만.

"오늘은 조금 일찍 일어나서요. 산책할 때 우연히 토모나리 군을 만났어요. 토모나리 군이 학업에서 조금 고심하는 느낌이어서, 그걸 상담받았죠."

"진짜네……. 이건 이츠키의 글씨야."

히나코에게 받은 종이 다발을, 유리가 슬쩍 봤다.

너…… 내 글씨도 알아볼 수 있어?

"그, 그래요, 토모나리 씨는 코노하나 히나코의 집에서 일하니까, 그런 일도 있겠죠."

"그, 그렇지. 일하면서 같이 다니는 일도 있을 테니……."

텐노지 양과 나리카가 허둥대는 기색으로 말했다.

왠지 모르게 자기 자신을 타이르는 것처럼 보이기도 한다.

"진짜로……? 뭔가 이상한데…… 음……."

유일하게 유리는 혼자 석연찮은 반응을 보였다.

자꾸 이것저것 캐묻게 하면 내가 실수할 것 같아서 무섭다. 일단은 이곳에서 후퇴하는 게 좋다고 판단한 나는 자리에서 일어섰다.

"아…… 저기, 슬슬 마실 게 필요하겠지? 내가 사 올게."

대답도 거의 듣지 않고, 나는 유리의 방에서 도망쳤다.

(도망쳤구나.)

이츠키가 나간 문을, 유리는 똑바로 노려봤다.

도망쳤다면 뭔가 켕기는 구석이 있다는 뜻이다. 지금의 이츠키라면 털면 먼지가 더 나올 분위기가 느껴진다.

"토모나리 군은, 예전에 다닌 학교에서 어떤 사람이었죠?"

침대에 앉은 히나코가 물어봤다.

겉으로는 잘 드러내지 않지만, 이 소녀를 볼 때마다 여자다움이라고 할까, 인간다움이라고 할까, 여러모로 차이가 느껴져서 좌절할 것만 같다. 곱상한 얼굴과 우아한 동작 등, 유리가 생각하는 키오우 학원의 이미지를 통째로 재현한 듯한 소녀였다.

유리는 복잡한 속마음을 꼭꼭 숨기고, "그러게."라며 과거를 회상한다.

"이츠키는 딱히, 반에서 중심이 되는 사람은 아니었는걸. 그래도 인망이 있었어."

아가씨들이 흥미진진한 표정을 보였다.

"매일 애쓰는 게 눈에 잘 보였으니까. 평일이든 휴일이든 열심히 일하고, 공부도 나름대로 애썼어. 교류는 별로 안 없었지만, 다들 이츠키를 꺼린 적이 없었어. 솔직히 말해서, 내가 설명하고 다니지 않았어도 모두가 점차 이츠키를 이해해 줬을 거야."

과거의 광경을 떠올린 유리는 감상에 젖은 느낌으로 모두에게 말했다.

"성격이 정직하고 성실해서, 다양한 사람들이 이츠키를 신뢰했어. 게다가 이츠키는 착하니까, 다른 사람에게 상담받는 일도 많았고."

"하긴, 착한 사람이에요."

"착한 분이어요."

"그래, 사람이 착해."

착한 사람이라는 평가에 대한 동의가 굉장하다.

이 인간은 키오우 학원에서도 여러 사람에게 친절하게 구는 듯하다.

"뭐…… 그렇게 사람이 착하니까 문제도 생기는 거지만."

그렇게 말하자 아가씨들이 눈을 휘둥그레 떴다.

아무래도 짚이는 구석이 전혀 없나 보다.

(이 사람들은 믿을 만하니까, 말해도 될까?)

조금 심각한 이야기지만, 유리는 말해도 좋다고 판단했다. 집에서 접객업을 오래 도운 유리는 사람을 보는 눈에 자신이 있다.

세 사람 모두 이츠키를 신뢰한다는 것을 잘 느꼈다.

세 사람 모두 이츠키를 일부러 불행하게 할 사람들이 아니다.

"이츠키는, 고1 때 같은 반 여자애한테 고백받은 적이 있어."

""어?.""

"뭐, 그건 거절했지만."

텐노지 미레이와 미야코지마 나리카가 안도했다.

그 반응을, 유리는 이상하게 느꼈다. 그러나 히나코의 표정은 전혀 달라지지 않았다. 어느 각도에서 봐도 살갑게 미소를 짓는 얼굴을 보고, 유리는 방금 느낀 이상함을 머릿속 한구석에 치우고 계속 이야기하는 것을 우선했다.

"다만 거절하는 방법이 조금 화제가 되었거든. 고백이 있기 한 달 전쯤이었나? 이츠키네 아버지가 몸이 불편해져서 돈을 못 벌게 되었고, 그러는 바람에 이츠키가 평소보다 훨씬 바빴던 시기가 있었어."

아가씨들은 진지한 얼굴로 유리의 이야기를 듣고 있었다.

아아, 역시 이 사람들은 이츠키를 진지하게 생각해 주는구나. 유리는 그렇게 생각했다. ——그런 사람들이니까, 이 이야기를 들었으면 했다.

"이츠키는 착하니까, 부모님을 부양하려고 열심히 일했나 봐. 하지만 역시 체력과 시간에는 한계가 있거든. 그런데 이츠 키는…… 그 한계가 자기 자신에게 나타난단 말이지."

"자기 자신에게……?"

히나코가 괴이쩍은 표정을 지었다.

"이츠키가 바빠진 시기에 아까 말한 여자애가 이츠키를 좋아 하게 됐어. 걔는 생각하는 게 태도에 진짜 잘 드러나는 애라서, 누가 봐도 이츠키를 좋아하는 게 뻔했단 말이야. 그야 본인도 이츠키가 의식하게 하려고 숨길 마음이 없었던 것 같지만."

툭하면 이츠키와 눈을 마주치려고 한다든지, 툭하면 이츠키 와 단둘이 있으려고 한다든지, 그 행동이 얼마나 계산한 건지, 순수한 건지, 유리는 알 바가 아니다. 다만 그 아이는 결코 성격 이 나쁜 여자애가 아니었다. 그래서 반 아이들도 간섭하지 않기 로 했다. 이 연애는 건전하고, 이츠키를 불행하게 하지 않을 것 으로 여겨서.

"그런데 말이지. 막상 그 아이가 이츠키에게 고백했을 때…… 이츠키는, 그 아이의 마음을 전혀 몰랐던 것 같더라고."

이츠키 말고는 모두가 눈치챘다. 심지어 옆 반 학생도 알았는 데, 그 여자애의 호의와 가장 가까이 있었던 이츠키만 그걸 전 혀 몰랐다.

"이츠키는, 남을 위해서 애쓸 수 있을 만큼 착해. 하지만 한편 으론, 자기 자신을 너무 중요시하지 않는 버릇이 있어. 어쩌면 가정 형편의 영향을 받은 걸지도 몰라. 어릴 적부터 여러모로

참아야 했던 이츠키는, 자기가 행복해지는 미래를 상상하기 어려운 거야. 그래서 이츠키는 스스로 사치를 부리려고 하지 않고, 편히 쉬려고도 안 해. 연애에 관해서도 둔감해지는 거야. 자기한테 다른 사람 같은 청춘이 있을 리가 없다……는 식으로 말이야."

아마도 이츠키는 이걸 모를 것이다. 알더라도 고치기 어려울지도 모른다. 왜냐면 남을 위해 애쓰는 것이 딱히 잘못된 행동은 아니기 때문이다. 이츠키의 성격상, 본인이 알아도 똑같이 행동할 것 같다.

"그, 러, 니, 까! 내가 하는 수 없이 이츠키를 돌보는 거야! 누나니까!"

소꿉친구인 유리만큼은, 옛날부터 이츠키의 이런 경향을 알았다. 그래서 이츠키 몰래 반 아이들에게 설명하고 다닌 것이다.

어차피 이츠키는 자기 일을 소홀히 할 거니까, 그렇다면 누군가가 대신 돌봐야 한다. 유리는 그 역할을 자처했다.

이야기를 일단락한 다음, 유리는 아가씨들의 낌새를 살폈다.

아가씨들은…… 침통한 얼굴로 침묵했다.

"저기…… 어라? 미안해. 혹시 분위기 다운시켰어?"

이츠키의 결점이라고 할까, 이츠키도 완벽한 사람은 아니라고 슬쩍 알려주려고 한 건데, 아가씨들은 예상했던 것보다도 이 이야기를 심각하게 받아들였다.

그만큼 이츠키를 소중하게 여기는 걸까?

아니면── 소중하다는 표현만으로는 부족할 정도로 특별한 감정이 있는 걸까?

(그러고 보니, 아까 텐노지 양과 미야코지마 양의 반응이 이상했지?)

이츠키가 고백받았다고 말했을 때, 두 사람은 노골적으로 동요했다. 더군다나 다음에 고백을 거절했다고 밝히자 대놓고 안도했다.

유리가 두 사람의 심경을 생각할 때, 방에서 인터폰이 울렸다. 문을 열자 편의점 비닐봉지를 손에 든 이츠키가 있었다.

"다녀왔어. 그런데 분위기가 왜 이래? 무슨 이야기를 했어?"

"이츠키가 고1 때 고백받은 이야기를 했어."

"야."

멋대로 무슨 이야기를 하는 거야. 이츠키는 조금 화낸 척했다.

실제로는 조금도 화나지 않았음을, 유리는 잘 안다. 이츠키에게는 다 끝난 일이며, 화내는 척하는 것도 고백받은 과거에 주목받은 지금 상황을 멋쩍게 느끼기 때문이다.

"결국, 이츠키는 뭐라고 말해서 거절했더라?"

"집안 사정이 좋지 않아서 말려들게 하기 싫다고 말하고 거절했어……."

"그랬구나. 지금이니까 하는 말이지만, 그 아이가 취향이긴 했어?"

"글쎄. 나는 이미 거절하기로 마음먹었으니까. 그런 걸 너무 생각하면 불성실할 것 같았거든……."

이츠키다운 생각이었다.

"그나저나 이츠키가 좋아하는 타입은……."

그렇게 말을 꺼내다가, 유리는 아가씨들을 슬쩍 봤다.

미레이와 나리카는 대놓고 긴장한 기색으로 이어지는 말을 기다리고 있었다.

히나코의 표정은 여전히 변함없다. 흥미가 없는지, 아니면…… 흥미가 없는 것처럼 위장한 것인지.

(흐응…….)

유리는 아가씨들의 마음속을 헤아려 봤다.

"이건 누나로서, 잘 조사해 필요가 있겠는걸……."

"응? 뭘?"

이츠키는 의아한 기색으로 고개를 갸우뚱했다.

3장 소꿉친구 조사대

잠옷 파티 다음 날.

오전 6시. 아직 이른 아침 시간대이지만, 여름이라서 하늘이 환하다. 유리는 이날도 상쾌한 기분으로 카루이자와를 산책했다. 유리에게 카루이자와는 자주 올 수 있는 곳이 아니다. 이처럼 특별한 환경을 조금이라도 오래, 진득하게 맛보고 싶은 마음이 있었다.

호텔로 돌아가려고 했을 때, 앞에서 눈에 익은 소녀가 걷는 것을 알아챘다.

유리는 종종걸음으로 다가가 말을 걸었다.

"미야코지마 양?"

"힉?! 히, 히라노 양인가."

나리카가 이쪽을 돌아봤다.

내리쬐는 햇살이 땀이 밴 피부를 빛나게 한다. 진한 검은 머리를 찰랑이며 새하얀 얼굴을 이쪽으로 돌렸을 때, 고요하면서 확실한 기품이 깃든 사파이어 같은 아름다움을 느꼈다.

그러나 그 나리카는 지금── 몹시 딱딱한 표정이었다.

얼굴을 보고 며칠이 지나지 않았다. 긴장이 채 풀리지 않은 것

(생활력 없음)

이리라.

이럴 때는 신경을 쓰지 않는 게 중요하다. 유리는 내색하지 않고 말을 이었다.

"미야코지마 양도 산책?"

"아, 아니, 나는 조깅이다. 여기는 시원하니까, 뛰기 편할 것 같아서……."

그래서 운동복 차림이었구나. 어쩐지 산책치고는 본격적인 차림이다 싶었다. 땀이 살짝 밴 것을 보면 얼마 전까지 뛰었던 것 같다.

마침 잘됐어.

유리는 곧장 어젯밤에 결심한 것을—— 아가씨들이 이츠키를 어떻게 생각하는지 물어봐야 한다는 사명을 다하기로 했다.

"그러고 보니 잠옷 파티 때는 나랑 이츠키 이야기만 하고, 미야코지마 양 이야기는 별로 못 들었네."

"내, 내 이야기? 나는 별로 재미있는 이야기가……."

"옛날에 이츠키가 미야코지마 양의 집에 갔다며? 그때 이야기를 해줘."

"아, 아하! 그거라면 괜찮다! 얼마든지 이야기할 수 있다!"

나리카의 표정이 확 밝아졌다.

천천히 걸으며, 나리카는 과거를 이야기했다. 이츠키가 집에 온 것을, 그때의 자신은 지금보다 더 겁이 많았다는 이야기를, 그런 자신을 이츠키가 이끌어 주었다는 사실을——.

"와! 이츠키가 그랬단 말이야?!"

"그래. 이츠키 덕분에 나는 바깥세상을 알 수 있었지."

막과자 가게로 데려간 에피소드는 듣고, 유리는 조금 감동했다.

이츠키도 참, 제법이잖아.

나리카는 눈을 초롱초롱 빛내며 이츠키와의 추억 이야기를 해주었다. 그걸 듣고, 유리도 소꿉친구로서 자랑스러운 기분이 들었다.

"어때? 긴장은 좀 풀렸어?"

"어? 아…… 드, 듣고 보니……."

딱딱했던 나리카의 표정은 어느새 또래 여자애처럼 부드럽게 풀려 있었다.

"평소에는 사람들이 더 무서워하는데…… 히라노 양은 말하기 편해서 좋다."

"고마워. 뭐 자기가 좋아하는 화제로 이야기하면 긴장도 잘 풀리는 법이야."

"그렇군."

나리카는 완전히 차분해진 기색으로 고개를 끄덕였다.

지금은 대놓고 이츠키의 이야기를 가리켜 말했는데, 그걸 당당히 자기가 좋아하는 화제라고 긍정해도 되는 걸까? 자각하지 않고 말한 거겠지……라고 유리는 생각했다.

"히라노 양은 그때부터 이미 이츠키랑 친했지?"

"그래. 나는 초등학교 1학년 때부터 알았으니까. 그때라면 이미 5년 정도는 같이 지냈어."

"그렇군. 나보다도 역사가 오래된 거구나."

역사라는 말로 거창하게 표현하는 것을 보면, 나리카는 이츠키와의 관계에서 특별한 감정이 있는 것이 명백했다.

당시의 일은 유리도 기억하고 있다.

어느 날, 갑자기 이츠키가 자기 어머니와 함께 가출했다. 그때까지 이츠키의 가족은 재정 상황이 어렵기는 했어도 불화가 심하지 않았다고 여겼으니까 뜻밖의 일이었다.

학교는 쉬지 않았으니까, 미야코지마 가문에서 통학시킨 것이리라. 방과 후가 되면 이츠키는 곧장 교실에서 나가 귀로에 올랐다. 왜 그렇게 서두르는지, 무슨 볼일이 있는지, 그 시절에는 의문으로 여겼지만, 아무래도 나리카를 돌보기 위해서였던 것 같다.

가출이 끝난 뒤, 이츠키는 직접 '무진장 큰 집에서 지냈다.', '여자애랑 같이 살았다.', '하지만 마지막에 몹시 혼났다.' 라고 설명했다. 마지막 에피소드에서 어지간히 큰 충격을 받았는지, 이츠키는 자세히 이야기하려고 하지 않았다.

유리가 모르는 이츠키의 이야기를 듣는 건 오랜만이었다.

즐거운 마음과·················· 한편으로 아주 조금, 복잡한 마음이 생긴다.

"나는 예나 지금이나 이츠키에게 도움만 받는다. 하지만 히라노 양은 그런 이츠키를 도와준 거구나."

"뭐, 그래. 요리도 해주고, 키가 비슷했을 무렵에는 남는 옷도 주고, 공부도 가르쳐 줬으니까."

"공부도 가르쳐 주었나."

"그럼. 아르바이트로 피곤했는지 수업에 집중하지 못하는 날이 많았으니까. 방과 후에 종종 가르쳐 줬는걸. 정말이지 여러모로 보살펴 줬어."

어느새 유리는 무의식중에 자랑하는 표정을 지었다.

그런 유리의 이야기를 듣고, 나리카는 순순히 놀랐다.

"이츠키는 굳이 말하자면 자기 일은 알아서 해결할 줄 알았으니까, 조금 의외로군."

그런 나리카의 말에, 유리는 옛날 기억을 떠올렸다.

"걔도 옛날에는 정말 여유가 없었으니까……."

그 시절을 생각하면, 지금은 많이 나아진 것이다.

"그런데 말이야. 까놓고 말해서, 미야코지마 양은 이츠키가 어때?"

"으읍."

유리의 기습 발언에, 나리카는 걸음을 딱 멈추고 노골적으로 동요했다.

"아, 아니, 딱히, 이렇게 할 무언가가 있는 건……."

"솔직히 말해 주면, 조언해 줄 수도 있을 것 같은데~?"

유리는 싱글싱글 웃으면서 나리카의 얼굴을 빤히 봤다.

한동안 고개를 푹 숙였던 나리카는, 마침내 결심한 것처럼 입을 열었다.

"사, 사실은, 그게…… 이츠키에게, 조금은 호감이 있다고 할까……."

역시나——.

잠옷 파티 때부터 왠지 그럴 것 같았다.

"진도는 얼마나 나갔어?"

"지, 진도라니. 그걸 물어봐도, 아직 아무것도……. 아, 하지만 조금은 전했다고 할까."

"자세히 말해 봐."

예상보다 진전이 있는 것 같아서, 유리는 무심코 득달같은 반응을 보였다.

왠지 무서워 보이면서도 사실은 수심한 아이. 유리는 미야코지마 나리카의 인물상을 그렇게 생각했었다. 하지만 어쩌면 예상보다 적극적일지도 모르겠다.

"전했다고 해도, 아직 확실하게 뭔가를 전한 건 아니다. 다만, 뭐라고 할까, 그게…… 마, 마음에 든다는 선언은, 했어!"

"마음에 든다는 선언……?"

"말하자면, 내가 이츠키를, 특별하게 생각한다는 걸 전했다고 할까……."

"어……? 벌써 고백했단 말이야?"

"아, 아니다! 아직 그 정도의 의미는 아니라고 할까!"

나리카는 뺨을 붉히고 고개를 도리도리 저었다.

답답하다. 나리카의 성격을 생각하면, 지금 수준으로도 본인에게는 너무 급발진인 거겠지.

"하지만 그만큼 전했으면, 이제는 거리만 좁히면 되잖아?"

"그건 조금 고민하고 있다……."

나리카는 시선을 내리고 말했다.

"어제, 히라노 양이 한 이야기가 머릿속을 떠나지 않는다. 이츠키는 지금 바쁠 테니까. 내가 괜한 소리를 하면 방해되지 않을까?"

나리카가 실토한 고민을 듣고, 유리는 '아차' 하고 생각했다.

그건 지나친 생각이다.

"미안해. 어제 헷갈리게 말했을지도 몰라. 내 생각으론, 너무 심각하게 받아들이지 않아도 될 거야."

"그런가……?"

"이츠키의 착한 성격은 고칠 수 없을 거니까. 애초에 우리가 신경을 써 줘도, 걔는 멋대로 이것저것 다 끌어안을 거야."

나리카는 '맞는 말이다.' 라고 직접 말하지 않았지만, 납득한 눈치였다.

키오우 학원에서 이츠키가 얼마나 착하게 사는지 짐작할 수 있다.

"그리고 말이야. 미야코지마 양도, 이츠키의 그런 점이 마음에 든 게 아니야?"

"으…… 뭐, 그렇지."

"그렇다면 그 성격을 문제 삼는 건 틀린 것 같고. 아무튼 미야코지마 양은 조금 더 적극적으로 굴어도 될 거야."

유리의 의견을 들은 나리카는 짤막하게 "그런가."라고 수긍했다.

자기 가슴속에 싹튼 감정보다 이츠키를 우선하려고 한다. 이

(생활력 없음)

소녀도 이츠키에게 뒤지지 않을 만큼 착한 성격 아닐까?

"게다가 만약 이츠키가 힘들 것 같으면 내가 지원할 거니까!"

"지원을……?"

"말했잖아. 나는 이츠키를 돌보고 싶다고. 옛날부터 착한 걔를 돕는 게 내 일이야. 이츠키의 한계를 넘을 것 같으면 내가 해결할 거야."

왜냐면 나는, 이츠키의 누나니까——.

정해진 말을 마음속에서 외웠다.

이츠키가 갑자기 학교에서 사라진 지도 약 4개월. 막막한 시기였지만, 앞으로는 다시 예전처럼 빈번하게 연락을 주고받을 수 있으리라.

분명, 눈앞에 있는 소녀에게도 보탬이 될 것이다.

"하, 하지만 구체적으로, 어떻게 거리를 좁혀야 할지……."

"어……? 그, 그건, 음……."

그 질문을 듣고, 유리는 뒤늦게 깨달았다.

——뭘 어떻게 하면 좋을까?

유리는 이츠키를 잘 알지만, 연애는 잘 몰랐다.

이츠키에게는 말하지 않았지만…… 이래 보여도 같은 반 남자가 친근하게 굴거나, 집에서 하는 식당의 아르바이트 직원이 들이댄 경험이 있다. 그러나 연애 관계로 발전하는 것은 왠지 내키지 않아서, 전부 거절했다.

그러므로 자신이 직접 거리를 좁히는 방법은 잘 모른다.

그래도 나리카보다는 잘 알 것 같았다. 유리는 가끔 보는 순정

만화나 친구에게 들은 연애 상담을 떠올리고, 뭔가 쓸만한 테크닉이 없었는지 생각했다.

"………………벽쿵, 이라거나?"

"벽, 쿵?"

"이렇게, 상대를 벽으로 몰아넣고, 한 손으로 벽을 짚으면서 얼굴을 가까이 들이대는……."

"그런 기술이 있나……."

그걸 기술로 표현하는 시점에서 잘 전해졌는지 의문이지만, 유리도 벽쿵에 관해서는 잘 모르니까 추가로 설명하지는 않았다.

"그리고 너무 당연한 거지만, 대화를 늘리는 게 좋을 거야."

이건 틀림없이 올바른 조언일 것으로 생각했다.

겉으로 봐서는 중학생…… 심하면 초등학생 같은 유리지만, 지금은 꽃다운 여고생. 귀로 접하는 연애 이야기는 해마다 늘어나서, 다소의 경험 부족은 상상력으로 보충할 수 있다.

"대, 대화라. 솔직히, 어려운 분야야……."

"말로 하는 대화가 아니어도 메시지를 주고받으면 되잖아? 상류층 아가씨의 상식은 잘 모르겠지만, 스마트폰에 그런 앱 정도는 있지?"

"그, 그런 게 있다는 건 알지만……."

나리카는 떨떠름한 얼굴로 말했다.

"이츠키랑, 전화번호나 메일 주소를 교환한 적이 없어……."

"………………으엑."

이토록 사이좋게 보이는데, 아직 안 했나.

물론, 이건 아마도 이츠키에게도 원인이 있을 것이다.

이츠키는 작년부터 스마트폰이 생겼지만, 사용 목적이 아르바이트의 업무 연락밖에 없어서 싸고 성능이 나쁜 기종이었다. 그래서 이츠키에게는 친구와 소통하려고 스마트폰을 쓰는 습관이 없다. 연락처를 교환한다는 발상이 생기기 어려우리라.

"그러면 먼저 그것부터 시작하는 게 좋을 거야."

"그래……. 히라노 양, 고마워. 저기, 힘내서 한 발짝을 내디뎌 보겠어."

"그래. 좋은 소식을 기대할게."

키오우 학원에 다닐 정도의 상류층 아가씨에게 도움이 된다면 영광이다.

"저, 저기, 히라노 양!"

자리를 떠나려고 하는 유리를, 나리카가 불렀다.

"저기, 히라노 양은, 이츠키를 어떻게 생각하지?"

"나?"

나리카는 불안한 기색이다.

그 얼굴을 보고, 유리는 무심코 슬쩍 웃었다.

"나는 이츠키의 누나니까, 그런 감정은 없어."

"그, 그렇구나……!"

웃으며 말해 주자 나리카는 안심한 것처럼 해맑게 웃었다.

조금만 더 운동하겠다고 말하고, 나리카는 뛰기 시작했다.

그 뒷모습이 보이지 않을 때까지 가만히 서 있던 유리는, 아까부터 쭉 참았던 감정을 더는 못 이기고 쪼그려 앉았다.

(어———!! 잠깐만! 쟤들 진도가 그렇게나 나갔어?!)

예상했던 것보다 한 단계, 두 단계는 더 나갔다.

애초에 유리는 '만약 이츠키에게 관심이 있다면 용기를 내게 도와줄까?' 정도로만 생각했었다. 그러나 막상 뚜껑을 열어 보니 관심이 있는 걸 넘어서서 그냥 좋아하는 거였고, 나아가 이미 들이대기 시작한 뒤였던 것 같다.

(이츠키도 참, 여간내기가 아닌걸.)

설마 키오우 학원의 아가씨가 이토록 호감을 드러낼 줄이야.

소꿉친구로서 자랑스럽다. 하지만 결코 이상한 일은 아니다.

이츠키는 히나코와 만난 것을 '기적 같은 일'이라고 말했지만, 유리는 그렇게 여기지 않았다.

부모의 야반도주를 안 직후에 학생증을 떨어뜨린 남을 도우려고 하는 사람이 과연 이 세상에 얼마나 있을까?

소꿉친구인 유리니까 알 수 있다.

이츠키가 지금 키오우 학원에 다니는 것도, 아가씨들이 호감을 보이는 것도, 전부 이츠키 자신의 실력에 따른 결과다. 기적이 아니다.

——히라노 양은, 이츠키를 어떻게 생각하지?

발걸음이 딱 멈췄다.

머릿속에서, 나리카에게 들은 말을 곱씹었다.

들뜬 기분이 한순간에 사라진다.

(나는…… 딱히, 아무 생각도 없어.)

누군가에게 선언하는 것도 아니고, 자기 자신을 타이르듯 속으로 중얼거렸다.

머리 위에서 나뭇가지와 잎이 천막을 쳤다. 그 틈새로 흘러내리는 빛이 이상하게 눈에 부셨다. 가슴속 구석에 치운 감정을 억지로 비추는 듯한, 걸리적거리는 기분이 든다.

"자! 다음은 텐노지 양의 이야기를 들어야지!"

머리를 흔들어서 기분을 바꾼 유리는 보는 사람이 없는데도 억지로 웃음을 띠고 걷기 시작했다.

아르바이트가 끝나고 돌아오는 길. 유리는 부드러운 밤바람을 시원하게 느끼면서 밤을 걷고 있었다.

유리가 정한 다음 표적은 텐노지 미레이였다. 그러나 미레이는 근면한 성격인 듯, 여름 강습 기간은 물론, 자유시간도 방에서 공부할 때가 많은 듯했다.

오늘은 더 이야기할 기회가 없겠다고 생각했을 그때.

유리는 벤치에 앉아 하늘을 보는 미레이를 발견했다.

"텐노지 양."

말을 걸자 금발 롤 헤어 아가씨가 뒤돌아본다.

특이한 머리 모양이지만, 이상하게도 그게 잘 어울렸다. 희미하게 비추는 달빛이 아름다운 금색 머리에 스며든다.

"어머, 히라노 양. 일은 벌써 끝났어요?"

"응. 텐노지 양은 뭘 해?"

"하늘을 보고 있었답니다. 여기는 별이 예쁘게 보이니까요."

텐노지 양은 머리 위로 펼쳐진 별하늘을 바라보며 말했다.

참 우아한 사람이라고, 유리는 생각했다. 평범한 여고생이 하늘을 본다고 말하면 '분위기 잡는 거야?' 라며 웃음을 살 테지만, 이 아가씨가 말하면 그럴싸하게 느껴진다.

"그러고 보니 내가 텐노지 양에게 물어보고 싶은 게 있어."

"물어보고 싶은 것이 있어요?"

"응. 잠옷 파티 때 이야기하지 못한 건데……."

자, 어떻게 말을 꺼낼까.

유리는 머리를 굴렸다.

그런 유리에게, 미레이는 부드럽게 미소를 지었다.

"알고 싶다는 건 나와 관계가 있는 일이어요? 아니면 토모나리 씨와 관계가 있는 일이어요?"

그 물음에 유리는 눈을 동그랗게 떴다.

그러나 곧바로 체념한 것처럼 어깨를 으쓱한다.

"둘 다, 일까. 어떻게 내가 이츠키에 관해서 물어보고 싶은지 알았어?"

"나는 형제자매가 없지만, 만약 내가 누나라면 동생을 항상 걱정하겠지요. 가능하다면 본인만이 아니라 제삼자의 이야기도 듣고 싶을 거예요."

"다 알아봤구나……."

(생활력 없음)
~영애들이 다니는 명문 학교에서 제일가는 **아가씨**를 남몰래 돕는 시중 담당이 되었습니다~ 4

"히라노 양은, 토모나리 씨의 누나 같으니까요."

유리가 아가씨들에게 묻고 싶은 것은 두 가지 있었다.

하나는, 이츠키를 어떻게 생각하는지.

그리고 나머지 하나는, 이츠키가 학교에서 잘 지내는지.

나리카에게는 첫 번째만 물어봤다. 두 번째도 물어볼까 했지만, 첫 번째 질문으로 나리카의 머리가 한계인 듯해서 추가로 질문하기가 껄끄러웠다.

"나는, 토모나리 씨의 친구인 당신을 신용해요. 알고 싶은 것이 있다면 뭐든지 말하겠어요."

미레이에게 그 말을 들었을 때, 유리의 가슴속에 말로 표현하기 어려운 기쁨이 끓어올랐다.

이토록 고상한 사람이 대놓고 신용해 주면 왠지 모를 쾌감마저 생긴다. 유리의 몸이 부르르 떨리고, 소름이 돋았다.

"이츠키는, 신뢰받는 거구나."

"토모나리 씨는 나쁜 사람과 친해질 사람이 아니니까요."

"맞는 말이야."

올바른 이해다. 유리는 무심코 웃음이 나왔다.

이츠키는 나쁜 짓을 하는 사람을 보면 넌지시 '그러면 안 되잖아?' 라고 말할 성격이다. 나쁜 짓을 하는 사람들도 이츠키가 근처에 있으면 마음이 불편하겠지.

이츠키를 잘 이해하는 이 소녀라면, 유리도 전면적으로 신용해도 되리라.

유리는 모든 불안을 내던지고 본론을 꺼냈다.

"어때? 이츠키는 잘 지내는 것 같아?"

"그래요. 전혀 문제없답니다. 그야 내가 잠시나마 진짜로 보통의 키오우 학원 학생으로 느낀 상대니까 말이어요."

미레이가 한 말의 의미를, 유리는 금방 이해했다.

신분과 경력을 위장한 이츠키는, 끊임없이 노력해서 키오우 학원 학생으로 행세하고 있다.

그 노력은 잠시나마 미레이의 눈을 속일 정도였으리라.

"그렇구나. 그렇다면 다행이고. 뭐, 키오우 학원은 치안이 무지 좋아서 셔틀이나 괴롭힘을 당할 일은 없을 것 같으니까."

"셔틀……이 뭔지는 모르겠지만, 괴롭힘은 없겠지요. 그 대신 집안의 격에 따른 압력이 발생하는 일은 있지만, 토모나리 씨는 그것도 잘 피하고 있답니다."

셔틀의 뜻이 전해지지 않는 만큼, 정말로 치안이 좋은 거겠지.

"흐응. 걔는 의외로 잘 대응하나 보네."

"그러네요. 특히 요즘은 참 노력하는 것 같아요."

경기대회 개최 전. 나리카의 친구 사귀기 작전에 협력한 이츠키는 그 과정에서 자신에 대한 교내 평판을 눈치채고 개선에 나섰다.

미레이는 그것을 알고 있었다. ──보면 안다. 처음에는 아이처럼 우왕좌왕하던 이츠키가, 어느새 주위의 시선을 깨닫고 행동하게 되었다. 주위를 살핀다는 점에서는 예나 지금이나 다르지 않지만, 그 의미는 전혀 다르다. 키오우 학원이란 환경에 주눅이 들었던 이츠키는, 지금은 학교의 명예에 걸맞은 인물이 되고자 매진하고 있었다.

키오우 학원의 학생은 장차 경영자나 정치가가 되어 사람들 위에 서는 일이 많다. 사람들 위에 선다는 것은 사람들에게 주목받는다는 뜻이다. 그러므로 미레이 같은 상류계급 자녀는 어릴 적부터 부모와 교사를 통해 그러한 의식을 연마하고 있다.

이츠키에게 그러한 의식이 생긴 것은 중요하다. 드디어 본격적으로 키오우 학원의 학생으로서 어디에 내놓아도 부끄럽지 않은 인물이 되었다. 물론 아직 지식이 부족한 부분은 있지만, 작은 사교계 모임에서는 절대로 실수하지 않을 정도로 성장했다.

"토모나리 씨는…… 정말이지, 노력가예요."

이츠키의 성장을, 미레이는 자기 일처럼 기뻐했다.

그런 미레이를 보고, 유리는 입을 열었다.

"텐노지 양은, 이츠키를 좋아해?"

"흐엑————?!"

이상한 소리가 나왔다.

"무, 무, 무슨, 무슨 소리를, 난데없이, 그렇게 터무니없는 말을……?!"

"아, 저기, 미안해. 텐노지 양은, 왠지 직구로 말이 나온다고 할까, 빙빙 돌려서 말하지 않아도 괜찮겠지 싶어서……."

"나라도 동요할 때는 있어요!"

그렇게 느껴질 정도로 당당하게 보였다.

"어흠. 그야…… 적잖은 호감이 있답니다."

텐노지 양은 노골적으로 헛기침하고 나서 말했다.

뺨이 조금 발갛게 물들었다. 그런데도 얼버무렸다고 생각한 걸까?

"자세히 알려주면 뭔가 좋은 조언이 가능할지도 모르는데? 이래 보여도 나는 이츠키의 누나니까, 이츠키를 잘 알거든."

"으……윽."

미레이의 표정에 망설임이 드러난다.

그런 얼굴을 한 시점에서 미레이가 속으로 뭔가 끙끙 앓고 있음은 명백했다. 그러나 나리카와 다르게 자존심이 강한지, 고민하면서도 좀처럼 실토하려고 들지 않는다.

그래서 더 밀어붙이기로 했다.

"키오우 학원 사람들보다, 나 정도의 거리감이 있는 사람이 더 상담하기 쉽지 않을까?"

"으으……."

"고민은 혼자 끌어안아서 좋을 일이 없는걸? 여름 강습에도 집중하고 싶지?"

"아으……."

이미 아까 느낀 기품은 흔적도 찾아볼 수 없었다.

평범한 소녀다운…… 아니, 평범한 소녀보다도 훨씬 순진하고 섬세한 느낌으로 반응하는 미레이를 보고, 유리는 왠지 훈훈해지는 기분이 들었다.

"……………가끔, 불안해질 때가 있어요."

미레이는 조용히 실토했다.

"나는 보다시피 눈에 띄는 외모이고, 외모를 빼더라도 주목받기 쉬운 태생이랍니다. 그러므로 가까이 있는 사람은 조심할 필요가 있어요. 내 근처에 있으면, 어떻게든 함께 주목받고 마니까요."

시선을 내리고 토해낸 고민을, 유리는 진지한 얼굴로 끝까지 들었다.

"그리고…… 토모나리 씨는 아마도, 주목받는 걸 달갑게 여기는 분이 아닐 거예요."

이건 서민 근성이 아니라, 단순히 본인의 타고난 성격이리라.

키오우 학원에서는 소수파지만, 전혀 없는 건 아니다. 어느 사회에도 뒤에서 묵묵하게 일하는 사람이 실제로 있는 법이다. 이츠키의 경우, 필요성에 쫓겨서 사람들 앞에서도 잘 행세할 수 있게끔 단련했지만, 속으로는 그런 기회를 별로 원하지 않는 것처럼 보인다.

"어디 보자. 즉, 텐노지 양은, 자기랑 함께 있으면 이츠키가 답답하지 않을까 불안하다는 거야?"

"그렇다고 보면, 되겠네요."

요새는 보기 드물 정도로 순수한 연애 감정이었다. 나리카도 그랬지만, 미레이 역시 자기 사정이 아니라 상대의—— 이츠키의 사정도 생각해서 한 걸음을 떼지 못하고 있다.

그렇다면 조언의 방향성도 단순해진다.

나리카 때처럼, 용기를 내게 도와주면 된다.

"이츠키는 주목받는 걸 좋아하는 성격이 아니지만, 그렇다고 해서 거부하는 일도 없을 거야. 필요하다면 사람들 앞에 나서는 일도 있으니까."

"하지만…… 나 때문에 토모나리 씨에게 필요한 일이 많아지는 건, 역시 부담되지 않을까요."

"아하…… 그렇구나."

그 불안은 일리가 있다고 생각했다.

"게다가 잠옷 파티 때 히라노 양이 말씀하신 걸 생각하면, 역시 토모나리 씨에게 더 부담을 주는 건 미안해요."

나리카랑 똑같은 생각도 한 듯하다.

얼추 다 나온 고민을 머릿속으로 정리한 유리는, 차근차근 의견을 말했다.

먼저 잠옷 파티에서 나온 이야기에 관해서.

미야코지마 양에게도 말한 거지만——이라고 하는 말은 일부러 뺐다.

"오해하게 한 것 같아서 미안해. 조심하는 건 좋지만, 어차피 이츠키는 저절로 바빠지는 성격이니까 부담을 주지 않으려고 생각했다간 언제까지고 관계가 달라지지 않을 거야. 그야 고마워하긴 하겠지만."

미레이는 작게 고개를 끄덕였다.

단순히 고마워하길 바라는 건 아니리라.

"그리고 텐노지 양이 가까이 있으면 주목받을지 모른다는 이야기 말인데, 이건 직접 물어보는 게 가장 좋을지도 몰라. 그런 거라면 이츠키가 얼버무리지 않고 대답할 거야."

"그렇, 겠죠⋯⋯. 역시 직접 물어보는 게 제일이어요."

미레이도 비슷한 결론에 이르렀는지, 고개를 끄덕였다.

대단한 조언은 해주지 못했지만, 이로써 미레이의 고민 상담은 끝이다. 미레이는 아직 불안이 남은 기색이지만, 해야 할 일을 확실하게 정한 이상 언젠가는 반드시 행동에 옮길 것이다. 유리는 그렇게 생각했다.

"하지만 솔직히 의외야. 텐노지 양은 더 당당한 느낌이었는데, 그런 일로 고민하는구나."

"나도 고작해야 사람이니⋯⋯ 소심해질 때도 있어요."

좀처럼 소심한 소리를 안 하는 성격인지, 미레이는 억울한 듯한 표정을 지었다.

"더군다나 이런 문제는 처음 경험해 보니까⋯⋯ 익숙하지 않아요."

"와. 텐노지 양쯤 되면 연애 경험이 다양할 줄 알았는데, 꼭 그렇지도 않나 보네."

유리는 뜻밖인 것처럼 말했다.

그러자 미레이는 해탈한 듯한 눈빛을 보이며 말했다.

"집안의 이름이 크면 복잡한 일도 많아지는 법이랍니다⋯⋯."

유리는 막연하게, 그 말에 담긴 고뇌와 갈등을 느꼈다.

"상류층 아가씨도 고생이 많구나."

"그럼요. 정략결혼까지는 아니어도, 완전한 자유연애는 현실적이지 않은 처지랍니다. 하긴, 나는 자승자박에 빠진 것에 불과하지만요."

후반부 발언의 의도를 몰라서, 유리는 고개를 갸우뚱했다.

미레이의 경우—— 부모는 자유롭게 살라고 권하니까 자유연애라도 딱히 문제는 없었다. 하지만 미레이는 얼마 전까지 텐노지 그룹의 영애로서 산다는 의식이 과했던 까닭에 자유연애를 스스로 봉인했다. 장차 텐노지 가문의 영애에 걸맞은 상대와 맺어져야 하며, 본인의 의지는 관계없다고 진심으로 생각했다.

미레이는 지금껏 스스로를 속박한 나날이 이상했음을 인정하면서도, 하나의 추억으로서 어느 정도는 소중히 느끼고 있었다. 그 덕분에 이츠키와 만났으니까, 자승자박도 의외로 나쁘지 않았다. 오랫동안 단단한 껍데기 속에서 웅크리고 있었기에, 그 껍데기를 깨고 함께하고픈 상대를 만날 수 있었다.

"상담을 들어주셔서 고마워요."

미레이는 머리를 깊이 숙였다.

"응. 앞으로도 고민이 생기면 말해 줘."

"그래요. 하지만 이것으로 끝내겠어요."

응? 하고 고개를 갸우뚱하는 유리에게, 미레이는 말했다.

"나는 텐노지 미레이. 언젠가 텐노지 그룹을 짊어질, 고귀한 영애. 따라서 내가 소심한 소리를 하는 것은 이걸로 끝이에요."

어느새 싹 사라졌던 위엄이 부활했다.

"오늘 일은, 부디 비밀로 해주세요."

"네……."

검지를 입술에 대는 미레이에게, 유리는 긴장하면서 고개를 끄덕였다.

미레이의 눈에는 평소의 기세가 담겨 있었다.

텐노지 양은 용기를 줄 필요가 없었을지도 모른다고…… 유리는 그렇게 생각했다. 미레이는 스스로 완벽하지 않다고 말할 만큼의 겸허함이 있지만, 그것은 자신의 약함을 객관적으로 볼 수 있다는 증거이며, 나아가 그것과 대면할 수 있을 만큼 강하다는 사실이 은연중에 드러났다. 그렇다면 언젠가는 한 걸음을 내디딜 수 있었겠지.

"히라노 양."

자리를 떠나려고 하는 유리를, 미레이기 불렀다.

"물어보는 걸 잊었군요. 당신은 토모나리 씨를, 어떻게 생각하셔요?"

또 똑같은 질문을 들었다.

어째서 다들 나한테 그걸 물어보는 걸까? 유리는 이상하게 여겼다.

"나는 딱히, 아무 생각도 없어."

"정말이어요?"

미레이는 유리를 똑바로 바라보고, 말을 이었다.

"당신은, 토모나리 씨를 무척 진지하게 생각하니까요."

아무런 감정도 없는 상대라면, 그토록 진지해질 수 없다. 미레이는 은연중에 그렇게 말했다.

그 순간, 유리의 가슴속에 가둔 무언가가 넘칠 듯한 예감이 들었다.

유리는 자기 표정이 딱딱해진 것을 깨달았다. 그러나 미레이는 지적하지 않고 침묵을 지켰다. 그동안 유리는 마음을 추슬렀다.

"말했잖아. 나는 이츠키의 누나니까, 당연한 거야."

"그랬군요……."

미레이는 납득한 반응을 보였다.

그러나 웃음을 띠지도, 의아한 기색을 보이지도 않는 그 표정은, 마치 그렇게 넘어가자고 말하는 것 같았다.

미레이와 헤어진 뒤, 유리는 자기 방으로 돌아왔다.

소형 냉장고를 열고, 프런트 매점에서 산 생수를 꺼내 목을 축였다. 상쾌하고 시원한 느낌이 몸속에 확 파고든다.

(뭐랄까…… 박력이 있는 사람이었어.)

대면했을 때, 말로 전부 표현할 수 없을 만큼의 박력을 느꼈다. 이야기하면서 조금씩 긴장이 풀렸지만, 미레이에게는 서민에게 없는 엄숙한 풍격이 있었다. 그 존재감은 기존의 교우관계에서 경험한 적이 없다. 한 번 보면 평생 잊지 못하는 아가씨다.

게다가 예리한 사람이기도 했다.

유리도 어릴 적부터 집안의 접객업을 도와서 사람을 보는 눈이 있다고 자부했지만, 그 아가씨의 적수는 안 되리라.

(그나저나…… 키오우 학원의 학생도, 보통 사람들처럼 사랑할 줄 아네.)

물론 그 실상은 보통 사람 수준이 아니라고 말하기 어려울 것 같지만.

(생활력 없음)

상류층 아가씨에게는 나름대로 다양한 제약이 있는 듯하다. 여태까지는 키오우 학원에 대해 동경하는 마음이 있었지만, 지금은 조금 답답한 느낌이 있다.

『당신은, 토모나리 씨를 무척 진지하게 생각하니까요.』

문득, 미레이가 한 말을 떠올렸다.

잠시 동요하고 말았지만, 잘 생각해 보면 당연한 일이다.

왜냐면 나는, 이츠키의 누나니까.

다른 이유는 없다.

"자…… 한 사람만 남았네."

나리카, 미레이의 조사는 끝났다. 두 사람은 짐작대로 이츠키에게 호감이 있는 듯했다.

나머지 한 사람.

마지막 아가씨를 생각하고, 유리는 조금 긴장했다.

유리는 히나코를 조사하고자 계속해서 말을 걸 기회를 찾고 있었다.

그러나 나리카와 미레이와 다르게 히나코는 좀처럼 말을 걸 타이밍이 안 보인다. 매일 아침, 식당에서 얼굴을 보지만, 질문의 내용을 생각하면 사람들 앞에서 말을 걸기 어렵다. 여름 강습 수업이 끝난 뒤에도 이츠키나 다른 사람들과 함께 호텔로 돌아오고, 그 뒤로는 밖에서 찾아볼 수 없었다.

(코노하나 양은…… 밖에 잘 나가지 않는 성격일까?)

모처럼 온 카루이자와다. 나리카처럼 밖에서 뛰거나, 미레이처럼 밤하늘의 별을 만끽하거나, 더 즐겁게 지낼 수 있다고 보는데…… 히나코가 그러는 모습은 볼 수 없었다.

아니다. 상대는 코노하나 그룹의 영애다. 애초에 카루이자와는 신기하지도 않겠지. 그렇게 생각해 보면 방에서 잘 나오지 않는 것도 이해할 수 있다.

그러나 그래서는 아무리 기다려도 말을 걸 수 없다.

(직접 방을 찾아갈까? 하지만 우연이라고 해도 직권 남용 느낌으로 방을 아는 거니까……. 음, 이상하게 여기는 건 싫은걸.)

그렇게 고민하면서, 유리는 천천히 히나코가 묵는 객실로 다가가고 있었다.

밖은 이미 어둡다. 일을 마친 피로가 문제의 조속한 해결을 요구했다. 피곤하면 머리를 쓰는 데도 저항을 느끼게 된다.

이제 됐어. 직접 방으로 찾아가자.

그렇게 생각한 유리가 발걸음을 떼려는 순간──.

"히라노 님, 맞으시죠?"

"으햐악?!"

등 뒤에서 갑자기 누군가가 말을 걸었다.

뒤돌아보자 메이드 차림의 여성── 시즈네가 서 있었다.

낌새를 전혀 느끼지 못했다.

"아까부터 아가씨의 방을 관찰한 듯한데…… 무슨 일이죠?"

(생활력 없음)

시즈네 씨가 눈을 가늘게 떴다.

완전히 경계하고 있다.

보아하니 이 메이드는 평범한 사용인이 아닌 듯하다. 히나코를 지키는 경호원도 겸하는 것이라고, 유리는 눈치챘다.

"어, 그게…… 잠깐 코노하나 양과 이야기하고 싶어서……."

"이야기를…… 말입니까."

"그, 그래요. 안 된다면 어쩔 수 없지만요……."

시즈네는 턱에 손을 대고, 유리를 똑바로 바라봤다.

"이미 조사한 바가 있으니, 의심할 필요는 없을까요……."

시즈네는 "잠시 기다려 주세요."라고 말하고, 주머니에서 스마트폰을 꺼냈다.

잠시 후, 시즈네 씨가 스마트폰을 도로 집어넣었다.

"이제 아가씨의 방으로 안내하겠습니다."

"아, 네. 잘 부탁합니다……."

아마도 방금 통화로 히나코에게 허가받은 거겠지.

완만한 언덕을 따라서 3성 건물이 늘어선 곳으로 간다.

시즈네가 문을 두드렸다.

발소리가 다가오고, 문이 열렸다.

"기다리고 있었어요."

호박색 머리를 찰랑거리는 아가씨, 코노하나 히나코가 나타났다.

부드럽게 미소 짓는 자태가 무척 눈부시다. 한순간 실내조명이 히나코의 후광인 줄 알았다.

"들어오세요."

그렇게 말하고, 히나코는 방 안으로 들어갔다.

시즈네가 열린 문을 고정한다. 유리는 천천히 방으로 발을 들였다.

"와…… 굉장해."

높은 천장. 호화로운 가구.

인테리어 하나하나가 섬세하고 아름다운 존재감을 드러낸다. 마치 다른 세상에 온 듯한 기분이다.

그러고 보니 아르바이트 동료가 말했었다.

3성 객실에 요리를 가져갔을 때, 놀란 나머지 접시를 떨어뜨릴 뻔했다고.

오래 머물면 가치관이 바뀔 것 같다고.

"히라노 양?"

"자, 잠시만요. 생각했던 것보다 너무 호화로워서…… 조, 조금 차분해진 시간이 필요하다고 할까요……."

가구를 상하게 했다간 책임질 수 없다.

가슴에 손을 대고 심호흡한다.

그런 유리를, 히나코가 신기한 듯이 봤다.

마치 이토록 놀랄 줄은 몰랐다는 것처럼——.

"아가씨. 토모나리 씨는 거의 이쪽 사람이니까, 똑같이 생각하는 건……."

"그랬군요……."

시즈네가 히나코에게 귀띔했다.

그 말이 희미하게 들렸다.

이츠키가 이 방에 왔을 때는 유리처럼 놀라지 않았던 걸까?

그렇게 생각하자 왠지 모르게 힘이 샘솟았다.

유리는 히나코를 마주 보고 앉아서 숨을 살짝 내쉬었다.

"허브티입니다."

쟁반을 든 시즈네가 테이블 위에 잔을 두 개 내려놓았다.

히나코가 잔을 들어서, 유리도 일단 목을 축이기로 했다.

순한 맛이다. 홍차와 블렌딩한 것이리라. 한 모금 더 마시자 허브 특유의 자극적인 향기가 코를 찔렀다.

"로즈마리일까……?"

"네. 잘 아시는군요."

로즈마리는 요리의 향신료로 잘 쓰인다.

그래서 유리는 알고 있었다. 로즈마리에는 피로 회복 효과가 있다.

아마도 매일 일해서 지친 자신을 위해 일부러 허브를 넣은 차를 대접한 것이리라.

(우와…… 접대의 수준이 달라…….)

이런 대우는 보통 비싼 돈을 내야 비로소 받을 수 있다.

대수롭지 않게 찾아온 지인의 방에서 맛볼 수 있는 게 아니다.

이것이 진짜 상류층 아가씨들의 세상.

이츠키는 이렇게 엄청난 세상에 뛰어든 걸까…… 유리는 곰곰이 생각했다.

"저기, 미안해. 일부러 시간을 내게 해서."

"신경 쓰지 않아도 괜찮아요. 저도 이번 여름 강습을 계기로 히라노 양과 더 친해지고 싶었으니까요."

진짜 착하고 온화한 소녀다.

순진무구한 온기가 유리를 감싼다.

"사실은, 이츠키의 일로 물어보고 싶은 게 있어서."

"토모나리 군의 일로, 말인가요?"

히나코가 귀엽게 고개를 갸웃거렸다.

"왜 있잖아. 이츠키는 서민 티가 풀풀 나지? 그래서 걱정된다고 할까……."

"그랬군요. 히라노 양은 마음씨가 곱네요."

"그, 그런 게 아니야. 나는 그저 이츠키의 누나로서, 알고 싶은 거야."

눈길을 피하는 유리에게, 히나코는 부드러운 표정을 지었다.

"토모나리 군이라면 아무 문제도 없어요. 처음에는 학교생활에서도 고생했지만, 요즘에는 눈에 띄게 적응했죠. 긴장도 다소 풀렸을 거예요."

"그래……? 하지만 걔는 의외로 어리숙한 구석이 있지? 학교라면 몰라도, 코노하나 양의 집에서도 일하는 것 같으니까, 이것저것 실수하지 않아?"

"괜찮아요. 시즈네…… 제 사용인이 하나부터 열까지 예의범절을 가르쳤으니까요. 오히려 일반 사용인보다 흡수가 빠를 정도예요."

"흐, 흐응. 그렇다면 다행이고."

(생활력 없음)

이름을 불린 시즈네가 머리를 꾸벅 숙였다.

미레이의 이야기를 들었을 때도 생각했지만, 이츠키는 예상보다 잘 지내는 것 같다.

(어라? 뭐지? 이 느낌은…….)

왜 지금, 가슴이 답답할까?

쓸쓸한 듯, 괴로운 듯. 아주 조금 부정적인 감정이 샘솟은 것 같았다.

이래서는 마치, 이츠키가 잘 지내지 않기를 바라는 것 같잖아.

그럴 리가 없다.

"그나저나 히라노 양."

히나코가 유리를 쳐다본다.

"결국, 토모나리 군이 좋아하는 타입은 뭐죠?"

"어……?"

조금 뜬금없는 질문 같았다.

"잠옷 파티 때, 말하려다가 그만둬서요."

"아, 응. 그게 있지. 솔직히 다른 사람들 반응을 보고 싶어서 적당히 말한 건데……."

"하지만 알고는 있는 거죠?"

"그야, 짚이는 구석은 있지만."

"이참에 가르쳐 주실 수 있을까요? 어중간하게 들은 탓인지 자꾸 귀에 남아서요."

히나코는 "우후후." 하고 미소를 지으며 말했다.

생각했던 것보다 반응이 있다——.

그러나 궁금하다면 어쩔 수 없겠지.

듣고 보니 어중간하게 말을 끊어서 궁금하게 했을지도 모른다. 그러니까 알고 싶다는 건가…….

어……? 아니지. 그건 좀 억지가 심하지 않아?

머릿속에서 수많은 물음표가 뜬다.

"그, 그래……."

유리는 곤혹스러운 눈치로 히나코를 봤다.

몇 번을 봐도 완벽한 아가씨다. 여자로서, 사람으로서 격의 차이를 실감한 유리는 순식간에 '이 아가씨도 이츠키를 좋아하는 걸지도 몰라.'라는 발상을 지웠다.

이 아가씨는 도무지 격이 다르다.

아마도 단순한 호기심으로 물어보는 거겠지. 유리는 그렇게 해석했다.

"이츠키는 사람이 착하고, 본인이 멋대로 분주해지는 성격이지만, 사실은 이러니저러니 해도 그걸로 만족할 거란 말이지."

"그렇다면?"

"즉, 이츠키는 자기를 바쁘게 해주는 사람을 좋아한다는 거야. 더 말하자면, 자기를 필요로 해주는 사람을 좋아할 거야."

"그렇군요."

이야기를 들은 히나코가 고개를 끄덕였다.

"후후후……."

"응? 코노하나 양, 무슨 일 있어?"

"아뇨. 아무 일도 없어요. 후후……."

어째서인지 무척 기분 좋게 웃는 히나코.

왜 웃는지 이유를 모르겠지만, 무척 귀여웠다.

"코노하나 양은, 이츠키의 취향이 아닐지도 몰라. 뭐랄까, 코노하나 양은 뭐든지 잘할 것처럼 보인다고 할까…… 정말 완벽한 느낌이니까."

"그럴지도 모르겠네요."

히나코는 왠지 모르게 여유로운 느낌으로 수긍했다.

풀이 죽은 기색은 없다.

역시 이 사람은 이츠키에게 호감이 없는 것 같다.

"시간을 쓰게 해서 미안해. 내 질문은 이게 다니까."

잘 있으라고 인사하고, 유리는 방을 나서려고 했다.

그 직후,

"히라노 양은, 토모나리 군을 어떻게 생각하죠?"

아, 역시. 또 물어보나.

어째서 다들 그 질문을 하는지 모르겠지만, 두 번 있는 일은 세 번도 있다는 말이 있다. 그래서 유리는 이번에 처음부터 마음의 준비를 했었다.

예상한 이상, 동요하지 않고 바로 대답할 수 있다.

"동생처럼 생각해. 그것 말고는 없어."

지금껏 동요한 것을 만회하듯이, 유리는 당당하게 말했다.

그러자 정말로 잠깐, 아주 미세해서 기분 탓일지도 모르지만 —— 히나코가 살짝 안심한 듯한 표정을 보였다.

눈을 깜빡한 다음에는 언제나 그렇듯 꽃처럼 부드러운 표정으

(생활력 없음)
~영애들이 다니는 명문 학교에서 제일가는 **아가씨**를 남몰래 돕는 시중 담당이 되었습니다~ 4

로 돌아왔다.

　기분 탓이겠지. 그렇게 납득하고, 유리는 히나코와 헤어졌다.

　혼자 방으로 돌아온 유리는 슬쩍 한숨을 쉬었다.

　폐에 가득한 공기와 함께 감추고 있던 긴장이 방출된다.

　(거참…… 코노하나 양은 격이 다른 느낌이야. 제아무리 이츠키라도 그 아가씨와 특별한 관계가 되는 일은 없겠어.)

　이츠키의 앞에서는 한심한 모습을 보여주기 싫어서 지금껏 감췄지만, 유리는 상류층 이가씨들의 존재감에 종종 압도당했다. 특히 히나코의 오라는 너무 강렬해서 지금도 긴장을 조금 풀었다간 마치 슈퍼스타에게 몰려드는 팬처럼 바싹 다가갈 것 같다.

　이츠키는 용케도 그런 사람들과 편하게 이야기한다.

　존경스럽다는 마음마저 든다.

　(다들 제각기 다른 타입의 아가씨였어…….)

　히나코는 어딜 봐도 빈틈이 없는, 그야말로 완벽한 숙녀였다. 그 일거수일투족을 보기만 해도 격이 다르다는 것을 통감할 정도인데, 막상 대화해 보면 어째서인지 마음이 편해진다. 진정한 아가씨께선 인망조차 마음대로 다루는 걸지도 모른다.

　미레이는 기품과 우아함의 상징처럼 느껴졌다. 심지가 굳고, 예리하고, 한편으로 자상함을 겸비했다. 그래서 무척 믿음직하고, 상담하기 쉽다. 이번에는 유리에게 상담하는 처지였지만, 평소 여러 사람이 미레이를 의지하겠지.

　나리카는 강함과 약함이 극단적이지만, 그렇기에 동경과 공감이 동시에 생기는 아가씨다. 조사해 보니 나리카는 검도와 유도 등의 대회에서 족족 우승하고 있다. 분야는 좁지만, 틀림없이 다른 두 아가씨에게 밀리지 않는 재능을 지녔을 것이다. 그리고 자신의 결점과 강점을 잘 아는 나리카는 세 사람 중에서도 가장 성장을 바라는 것처럼 보였다.

(이츠키가 어떻게 생각할지는 모르겠지만…… 나는 세 사람의 개성이 보여.)

세 사람의 개성—— 매력이 얼추 보인다.

가장 동경하는 사람은 히나코다. 그 사람의 곁에 있으면 얼마나 좋을지 저절로 생각한다.

가장 존경하는 사람은 미레이다. 그 사람에게 인정받으면 더없이 기쁘리라.

가장 도와주고 싶은 사람은 나리카다. 언젠가 그 약함을 극복했을 때는 거물이 될 것이다.

(이츠키는 누구랑 맺어져도 행복해지겠네.)

그것만 알면 충분했다.

그걸 조사하려고, 유리는 세 사람에게 말을 걸었다.

"아아. 다들 청춘이구나."

주방에는 뒷정리를 미룬 조리 도구가 여기저기 널려 있었다. 아가씨들이 연애로 골머리를 앓을 때, 유리는 찬물로 설거지하기 시작한다.

미레이도, 나리카도, 한 걸음을 뗄 계기를 만들었을 터.

누가 앞설지 궁금하지만, 사실은 누구라도 상관없다.

(생활력 없음)

이츠키는 미레이와 맺어져도, 나리카와 맺어져도 행복해질
것이다.

························· 나는?

"이 바보야."
머릿속에 떠오른 의문을, 유리는 질타했다.
"바보, 바보, 바보·············· 나는 이츠키의, 누나니까."

4장 바다와 아가씨와 소꿉친구

다음 날 아침.

평소처럼 호텔 식당에서 아침 식사를 할 때, 작은 실루엣이 다가왔다.

"안녕, 이츠키!"

어깨에 손이 닿았다.

뒤돌아보니 소꿉친구 유리가 있었다.

히나코도 유리에게 "안녕하세요."라고 인사했다. 나도 "안녕."하고 가볍게 말한 다음에 유리의 얼굴을 봤다.

"이상하게 기분이 좋아 보이네. 무슨 일 있어?"

"별로? 그냥 너도 여간내기가 아니라고 생각했을 뿐이야."

"무슨 소리야."

의미를 몰라서 고개를 갸우뚱하자 정면에 앉은 텐노지 양과 나리카가 희미하게 뺨을 붉힌 것 같았다.

요 며칠, 유리가 몰래 무언가 하는 건 눈치챘다. 유리라면 남들에게 피해를 줄 리가 없다고 생각했지만, 어쩌면 텐노지 양, 나리카와 뭔가 이야기한 걸까?

"아, 참고로 그 샐러드는 내가 만들었으니까 고맙게 여기고 먹어. 그냥 썰기만 했지만."

"아, 그러셔."

접시를 가리키고 말하는 유리에게 나는 대충 대꾸해 줬다.

그러나 그때, 이상한 느낌이 들었다.

"유리……?"

"왜?"

"뭔가, 무리하지 않아?"

대답을 들을 때까지, 잠시 공백이 있었다.

"뭐어? 무리하는 거 없거든."

그 말의 진위는 가늠할 수 없었지만, 이럴 때의 유리는 완강해서 태도를 바꾸는 일이 거의 없다는 것도 알았다.

지금은 그 말을 믿을 수밖에 없나. 그렇게 생각하고 고개를 끄덕였다.

"넌 남 걱정할 여유가 있어? 오늘은 시험이 있잖아?"

"윽……. 그렇, 지."

그 말이 맞았다.

오늘은 여름 강습 시험이 있다. 첫날을 제외하고는 예습 복습을 해서 수업에 따라갔지만, 점수가 얼마나 나올지는 모르겠다.

솔직히…… 자신이 없었다.

"그렇게 긴장할 정도야?"

"아니…… 성적이 나쁘면 여름방학이 끝날 때까지 시즈네 씨에게 스파르타 교육을 받아야 해서……."

"시즈네 씨라면, 그 메이드 씨 말이지? 좋잖아. 그렇게 예쁜 사람이 꼼꼼하게 가르쳐 준다면 남자들은 기뻐하지 않아?"

"그건 그 사람의 스파르타 스타일을 모르니까 하는 말이야."

정색하고 말하는 내게, 유리는 "그, 그래?"라며 약간 질겁한 기색으로 고개를 끄덕였다.

"다른 사람들은, 시험 대책을 잘 세웠어?"

"그러네요. 평소처럼은 할 수 있을 거예요."

유리의 질문에 그렇게 대답한 히나코는 아삼 홍차를 한 모금 마셨다. 홍차에는 카페인이 있다고 들었으니까, 나도 여름 강습 기간에는 자주 마셨다.

"코노하나 히나코. 참고로 나는 예전보다 더 성장했어요."

"텐노지 양은 근면하네요."

"그, 그럼요. 평소에 그러길 바라니까…… 그게 아니라! 이번에야말로 결판을 내겠어요!"

"가볍게 부탁드려요."

요즘에는 히나코도 텐노지 양을 물리치는 방법을 이해한 듯하다.

물리치는 방법을 이해했다는 것은, 다르게 말하면 텐노지 양을 이해했다고도 표현할 수 있으리라. 이건 굳이 따지자면 히나코가 아니라 텐노지 양의 변화가 원인 같다. 집안의 이름만이 아니라 자신의 의지도 존중하게 된 텐노지 양은 예전보다도 훨씬 친근한 분위기가 되었다.

"나리카는, 괜찮아?"

"그래. 나는 이미 포기했다. 여름 강습이 끝난 뒤에도 집에 가정교사가 올 예정이야."

나리카는 다 죽은 눈으로 말했다.

나도 한 발짝만 더 가면 그 경지에 이를 것 같으니까 남 일이 아니다.

"뭐, 지금 와서 어떻게 할 순 없으니까 단단히 각오하고 힘내. 만약 성적이 나쁘면 또 햄버그 세트를 해줄 테니까."

"그래……."

유리의 말이 맞다.

이쯤 되면 단단히 각오할 수밖에 없다.

"햄버그 세트, 부탁할게."

"처음부터 포기하지 마."

유리가 내 머리를 살짝 때렸다.

봐서는 평소 느낌으로 돌아온 것 같다.

아까는 뭔가 무리하는 것처럼 보였지만, 너무 신경을 쓴 걸까?

"그런데 여러분. 내일 쉬는 날에는 뭘 하실 거예요?"

텐노지 양이 수프를 먹은 뒤 우리 얼굴을 슥 보고 물어봤다.

여름 강습은 오늘 시험으로 끝난다. 시험 채점은 하루 걸려서, 내일은 쉬는 날이다. 시험 결과 발표는 모레 할 예정이다.

"나는 딱히 정해진 게 없는데요."

"나도."

아직 예정이 없는 내 말에 나리카가 동의했다.

"나도 정한 게 없지만…… 기왕이면 어딘가 놀러 가는 것도 좋겠어요. 내일 정도는 공부를 잊고 휴가를 즐기고 싶답니다."

그 의견에는 전면적으로 찬성한다.

일단 지금은 여름방학이다. 공부에 한껏 집중한 만큼, 조금 정도는 보상 이벤트가 있어도 문제없겠지.

"그렇다면 바다에 가지 않겠어요?"

히나코가 말했다.

'웬 바다?' 하고 고개를 갸우뚱하는 우리에게, 히나코가 말을 잇는다.

"여기서 차로 두 시간 정도 이동하면 해수욕장이 있어요. 전용 해변이 아니라서 사람들 눈은 있지만……."

"좋아요. 여름이라고 하면 역시 바다. 함께하겠어요!"

"나, 나도 꼭 같이 가겠다!"

텐노지 양과 나리카는 곧바로 찬동했다.

여름 강습 내용이 너무 벅차서 완전히 잊었지만, 그러고 보니 카루이자와에 도착할 때까지 우리는 차에서 바다 이야기를 했었다.

그나저나 나는 의아하게 여겼다.

(히나코가 사람들을 부르다니 신기한 일도 다 있는걸…….)

애초에 히나코가 뭔가 이벤트를 기획하는 일 자체가 드물다.

보는 사람이 없으면 연기도 그만둘 수 있다. 히나코의 경우, 모처럼 생긴 휴일이라면 호텔 방에서 빈둥빈둥 지내고 싶을 것 같은데…….

(생활력 없음)

"치, 친구랑 바다에 가다니……! 아아, 꿈에서나 나올 것 같은 이벤트……!"

나리카가 감격한 나머지 울 것 같다.

"앗?! 하, 하지만 난 수영복을 안 챙겼는데?!"

"가는 길에 사면 문제없을 거예요. 마침 해수욕장 근처에 코노하나 그룹의 점포가 있으니까 잠시 들렀다 가요."

"그, 그렇군. 하긴 그렇지."

나도 수영복을 챙기지 않았으니까 사야 한다.

"저, 저기…… 그건 나도 가도 되는 느낌?"

유리가 조심조심 손을 들어서 물어봤다.

히나코는 싱긋 웃고 고개를 끄덕였다.

"물론이에요."

"다, 다행이야……. 전용 해변이라는 말이 나와서, 나 같은 서민은 쫓겨나는 줄 알았어."

"오히려 타이밍만 좋았으면 전용 해변에 초대했을 거예요."

"오, 오오…… 상류층 아가씨의 연줄은 대단해……."

유리는 호들갑스럽게 가슴에 손을 대고 기뻐했다.

"그런데 유리, 아르바이트는 괜찮아?"

"그럼. 내일은 마침 쉬는 날이야."

"바쁜 줄 알았는데, 의외로 쉴 때가 있구나."

"원래 요리 연구에도 시간을 쓸 예정이었으니까 근무표를 느슨하게 짰어. 그리고 주방은 제법 육체노동이니까, 쉬는 날은 꼬박꼬박 챙겨 줘."

주방 일이 중노동인 것은 유리의 집을 자주 찾아가서 잘 안다.

이런 고급 호텔의 주방에서는 일을 엉성하게 할 수도 없겠지. 주방 스태프가 집중력을 잃지 않기 위해서라도, 휴식을 잘 넣어야 한다는 것 같다.

"슬슬 교실에 가는 게 좋겠군요."

텐노지 양이 시간을 확인하고 말했다.

"다들, 시험 잘 봐."

유리에게 배웅받고, 우리는 식당을 뒤로했다.

모두가 모여서 교실로 이동할 때, 나는 몰래 뒤로 이동해 히나코에게 조용히 말을 걸었다.

"히나코. 바다 이야기를 한 걸, 쭉 생각한 거야?"

"응……. 시즈네랑 이야기하고, 정했어."

그래서 해수욕장 위치를 안 건가.

즉석에서 떠올린 것은 아닌 듯하다.

"그런데 다들 불러도 되겠어? 보는 사람이 있으면 연기해야 하잖아?"

"전용 해변이 아니니까, 어차피 똑같아."

하긴 그런가.

"게다가…… 이래야 이츠키도 기뻐할 것 같아서."

히나코가 내 눈을 똑바로 보고 말했다.

내 마음을 간파한 듯하다. 여름 강습 내내, 우리는 똑같은 멤버로 행동했다. 기왕이면 모두가 다 함께 놀고 싶다. 사실 그런 마음이 있었다.

"고마워. 나도 기왕이면 다 같이 가고 싶었어."

"우후…… 이츠키의 생각은, 다 알아."

뽐내듯이 가슴을 펴고 말하는 히나코.

그때, 앞에서 걷던 텐노지 양이 우리가 느리게 걷는 것을 깨닫고 뒤돌아봤다.

"두 분 모두, 무슨 일이 있어요?"

"아니요. 아무 일도 없어요."

순식간에 연기를 재개하는 히나코.

나는 쓴웃음을 지었다. 이 변화에는 좀처럼 익숙해지지 않을 것 같다.

◆

시험을 치른 다음 날.

시각은 오후 2시. 오전 중에 호텔을 출발한 우리는 가는 길의 백화점에서 수영복을 사고, 겸사겸사 점심을 먹은 뒤, 마침내 목적지에 도착했다.

"바다다……."

참으로 시시한 감상만 나왔지만, 정말로 바다였다.

중학생 때, 자연학습으로 불리는 학교 행사에서 딱 한 번 바다에 간 적이 있다. 다만 우리 집에는 돈이 없어서 교통비를 내지 못해 유리네 가족이 차로 태워주었다. 그 뒤의 식비 등은 간신히 마련했지만, 그 대가로 나는 집에 돌아온 뒤로 한 달 동안 하루에 저녁 한 끼만 먹어야 했다.

　그때 현지에서 먹은 식사가 중학교 시절에 가장 호화로웠을지도 모른다.

　기억을 떠올리자 눈물이 나왔다.

　"옷은 다 갈아입은 것 같군요."

　탈의실에서 수영복으로 갈아입고 여자들을 기다리고 있을 때, 시즈네 씨가 내게 말을 걸었다.

　그 모습은, 평소와 똑같이 메이드 차림이다.

　"시즈네 씨는 수영복이 아니군요."

　"보고 싶나요? 수영복을?"

　시즈네 씨가 짓궂게 웃으며 물어봤다.

　나는 얼굴이 빨개진 것을 느끼고, 얼버무리기 위해 시선을 돌렸다.

　"아직 면역이 부족하군요. 매일 아가씨와 함께 지내는 것 같지 않아요."

　"저도 여러모로 조심한다고요. 특히 목욕 때는……."

　"좋은 마음가짐이에요."

　참고로 요령은 똑똑히 보지 않고 시야에 들어오는 정도로 두는 것이다. 이렇게 하면 노출이 심한 히나코의 모습도 간신히 버틸 수 있다.

　"저는 여러분의 안전을 지키기 위해, 오늘은 일을 우선하겠습니다. 전용 해변이라면 또 모를까, 여기는 일반인도 많은 해수욕장이니까요."

"저기, 미안해요. 저만 들떠서."

"신경 쓰지 마세요. 이츠키 씨가 신경을 써 준 덕분에, 저도 평소보다 많이 쉬니까요."

시즈네 씨는 자상한 얼굴로 말했다.

보아하니 정말로 쉴 수가 있었나 보다.

"게다가 이 해수욕장에는 이미 코노하나 가문의 경비를 100명 배치했습니다. 저 혼자의 부담은 별로 크지 않아요."

"그, 그렇군요."

역시나 코노하나 가문. 신속하다.

슬쩍 주위를 둘러보자 눈에 익은 근육질 성인 남자가 수영복 차림으로 모래사장을 걷고 있었다. 지금 이 바다는 안전요원이 100명 있는 상태인 듯하다.

"그런데 이츠키 씨. 시험은 잘 보셨나요?"

"아무튼, 할 만큼은 했어요."

솔직히 시험을 잘 봤을지는 모르겠다. 이번에 배운 과목은 학교에서 가르치는 것과 다른 부분이 많아서 문제를 푼 다음에도 불안이 가득했다.

"그렇다면 됐어요. 결과를 기대하죠."

"네에."

내게는 압박만 느껴지는 말이었다.

"우리 왔어——!!"

그때, 여자 탈의실 쪽에서 큰 소리가 들렸다.

유리가 팔을 붕붕 휘두르며 이쪽으로 다가온다.

(생활력 없음)
~영애들이 다니는 명문 학교에서 제일가는 **아가씨**를 남몰래 돕는 시종 담당이 되었습니다~ 4

근처에는 찬란한 세 아가씨도 있었다.

"날씨가 참 좋네요."

"그래요. 눈이 부실 정도예요."

"아아…… 나는 지금, 청춘이다……!"

세 사람 모두 이미 일상에서 벗어난 바다의 느낌을 만끽했는지 왠지 즐거워 보였다.

나는 문득 유리가 품에 안은 물건에 주목했다.

"유리, 그건……."

"비치 볼이야. 백화점에 들렀을 때 샀어."

몰랐다. 나는 수영복을 살 때 여자들과 떨어져 있었으니까, 그 동안 산 거겠지.

"그나저나 이츠키. 뭔가 해야 할 말이 있지 않아?"

"으……."

이럴 때 뭘 말해야 하는지, 일단 지식으로는 알고 있었다.

다시금 눈앞에 있는 소녀들을 본다. 그러자 나리카와 텐노지 양이 이상하게 몸을 꼬물거리며 부끄러워하는 기색을 보였다. 히나코도 숙녀 모드를 유지하면서 뺨이 살짝 발갛다.

히나코는 어깨가 드러난 흰색 수영복으로, 위아래 모두 프릴 장식이 달렸다. 몸의 윤곽이 프릴에 다소 가려서 청순한 인상을 주는 것이 귀엽다. 닿는 것조차 망설여지는, 순진무구한 아름다움이 존재했다.

텐노지 양은 파란색 비키니 수영복으로, 아래에는 파레오를 둘렀다. 어깨끈의 소재가 특수한지 목걸이처럼 빛을 은은하게 반사하며, 파레오에도 문양이 있었다. 눈에 확 들어오면서도 기품이 있는, 텐노지 양다운 모습이다.

나리카는 검정 비키니 수영복으로, 물방울 같은 흰색 무늬가 있다. 외양만이 아니라 헤엄치기 편한 점도 의식한 것이리라. 평소 운동으로 잘 단련된 몸에는 군살이 하나도 없고, 매끈한 체형이 아낌없이 드러나 있었다.

유리의 수용복은 위가 오렌지색 비키니 타입이고, 아래가 베이지색 숏팬츠였다. 키가 작아서 아무리 애써도 발육이 좋다고 말하기 어려운 유리이지만, 전체적으로 활발한 인상을 주는 수영복이 잘 어울렸다.

모두의 수영복 차림을 얼추 다 본 나는―― 조심조심 입을 열었다.

"················다들, 잘 어울립니다."

"겁쟁이."

유리가 조용히 말했다.

여자의 수영복 차림을 보고 칭찬을 술술 늘어놓는 것은, 내 정신력으로는 불가능했다.

그때, 나는 어째서인지 모두가 빤히 쳐다보는 걸 깨달았다.

"이츠키는, 그, 몸이 참 다부지구나."

나리카가 중얼거리듯 말했다.

"진짜네. 근육이 엄청 생기지 않았어?"

"뭐, 이런저런 일이 있었으니까."

시즈네 씨에게 단단히 단련받았으니까.

(생활력 없음)
~영애들이 다니는 명문 학교에서 제일가는 **아가씨**를 남몰래 돕는 시중 담당이 되었습니다~ 4

"그나저나 일반 해수욕장이 이토록 붐빌 줄은 몰랐어요."

텐노지 양이 주변을 보고 말했다.

"텐노지 양도 평소엔 전용 해변을 가나요?"

"그래요. 아니면 실내 풀장이군요. 살이 타기 싫을 때는 그쪽을 이용한답니다."

"살이 탄 텐노지 양은 그다지 상상할 수 없네요."

"어머, 어릴 적에는 자주 그랬는걸요? 이래 보여도 어린 시절에는 활발했으니까요."

잠시 뜻밖이라고 생각했지만, 꼭 그렇지도 않은 것 같다. 텐노지 양은 언제나 우아하지만, 동시에 활력이 넘친다는 인상도 있다.

살이 탄 텐노지 양의 모습은…… 참 매력적일지도 모른다.

무의식중에 그 모습을 상상했을 때, 유리가 다가왔다.

"그러고 보니 이츠키, 선크림 발랐어?"

"어……? 아차, 깜빡했네."

"그럴 줄 알았어. 어쩔 수 없다니까……."

유리는 한숨을 쉬며 가방에서 선크림을 꺼냈다.

"자, 엎드려."

"어……? 아니, 내가 바를 수 있어."

"혼자서는 등에 못 바르잖아."

그야 그렇지만…….

저항해도 소용없을 것 같아서, 나는 시트 위에 엎드렸다.

"에잇."

유리가 허리 위에 올라탄다.

가벼워서 전혀 문제없지만…….

"저기, 유리? 너무 밀착했는데……."

"뭘 의식하는 거야. 예전에는 같이 목욕도 했잖아."

""같이 목욕을?!""

텐노지 양과 나리카가 눈을 휘둥그레 떴다.

"그건 둘이서 수영복을 입고 한 걸 말하는 거죠?"

"어? 아닌데…… 왜 수영복……?"

히나코가 이상한 질문을 했다.

잘 모르겠지만, 히나코도 나름대로 놀란 걸까?

"혹시나 해서 말하는 거지만, 초등학생 때 이야기야."

 한숨을 섞어서 설명하자 텐노지 양과 나리카가 안심한 것처럼
가슴을 쓸어내렸다. 히나코도 원래대로 차분해졌다.

 요즘도 같이 목욕하는 것처럼 말하지 않았으면 좋겠다.

 지금도 히나코와는 같이 목욕하는 건 절대로 말하지 말자.

"좋아. 끝!"

"아야?! 때리지 마!"

갑자기 등짝을 찰싹 맞아서, 나는 벌떡 일어섰다.

"아하하! 손자국이 예쁘게 남았네!"

"이게……!"

유리가 바다 쪽으로 도망쳐서, 나는 곧장 쫓아갔다.

샌들이 벗겨져서 모래를 직접 발로 밟았다.

바닥의 열기에 무심코 펄쩍 뛴 나는, 지금 여름을 만끽하고 있

음을 실감했다.

◆

"에잇!"

유리가 소리치고 비치볼을 띄웠다.

볼은 포물선을 그리고 내 쪽으로 떨어졌다.

"어차."

바람에 궤도가 틀어진 볼을, 나는 오른손을 뻗어 위로 쳤다.

볼은 히나코가 있는 곳으로 날아갔다.

"에잇."

"에잇이에요!"

히나코가 올린 볼을, 텐노지 양이 나리카 쪽으로 날렸다.

"하——압!!"

바람에 흔들린 볼을, 나리카가 재빨리 점프해서 포착하고, 유리가 있는 곳으로 쳤다.

한 사람만 기합이 다르다.

나리카의 운동 신경은 바다 스포츠에서도 맹활약했다.

"제법이네."

유리가 여유롭게 웃음을 띤다.

지금 알았지만, 여기 있는 멤버는 전부 운동을 잘한다. 히나코와 텐노지 양은 문무 겸비이고, 나도 몸을 단련했다. 그리고 유리도 굳이 말하자면 스포츠를 잘했다.

필연적으로 볼을 쳐내는 것만으로도 본격적인 대결이 된다.

"이렇게 바닷속에서 볼을 치기만 하는 것도 참 심오하군요."

"그래. 하체가 단련돼. 좋은 운동이야."

아가씨들은 이상한 점에 주목하며 놀고 있었다.

본인들은 과연 눈치채고 있을까…… 사람들에게 주목받는 다는 사실을.

믿기지 않을 정도로 아리따운 소녀들이 이렇게 한자리에 모였다. 더군다나 수영복 차림이다. 남녀노소의 여러 사람의 시선이 우리에게 쏠렸다.

"이츠키. 넌 항상 이걸 견딘 거야?"

"견딜 수 있게 된 건 최근이야……."

시선의 폭심지에 있는 나와 유리는 몹시 긴장했다.

요새 안 사실인데, 아가씨들은 주위 시선을 의식하고 행동거지를 고려하고 있다. 그렇기에 이 시선도 눈치챘을 것이다. 다만 본인들은 주목받는 것이 일상이라서 전혀 아랑곳하지 않는 것이다.

"그나저나……."

"응? 왜?"

주위에서 시선을 느끼면서, 나는 유리를 봤다.

아가씨들의 용모가 빼어난 건 지금 와서 할 소리가 아니지만, 그런 사람들과 나란히 있는 유리도 자세히 보면 외모가 나쁘지 않다. 나는 소꿉친구라서 유리의 평범한 과거와 서민다운 가치관을 알지만, 그 선입견을 빼면 충분히 호각세가 아닐까?

(생활력 없음)

"유리도 평범하게 귀여운걸."

"뭐, 뭐어어어어?! 바보 아니야?! 바보 아니야?!"

"아파, 아프다고. 때리지 마."

쑥스러운지 내 몸을 찰싹찰싹 때렸다.

그때, 강렬한 속도로 볼이 날아왔다.

낡은 선풍기처럼 천천히 뒤돌아보자 히나코가 생긋 웃으며 우리를 보고 있었다.

"토모나리 군. 볼을 주세요."

"네, 넵."

더 자극하지 않는 게 좋다. 나는 곧바로 볼을 주워서 텐노지 양에게 패스했다.

통 소리와 함께 비치 볼이 하늘 높이 날아가 나리카가 있는 곳으로 떨어진다.

잽싸게 때릴 줄 알았는데…… 볼은 나리카를 그냥 지나쳐서 물에 떨어졌다.

"미야코지마 양, 무슨 일이어요?"

"조, 조금 지친 것 같다! 나, 나는 잠시 휴식하마!"

뻣뻣한 느낌으로 나리카가 우리에게서 멀어졌다.

의아하게 여길 때, 나리카가 도움을 청하는 눈으로 나를 바라봤다.

"이, 이츠키. 이쪽으로 와 줘."

그리고 슬그머니 손짓으로 불러서, 나는 조용히 나리카에게 다가갔다.

"무슨 일이야?"

"수영복이, 벗겨졌어."

"어?"

"너, 너무 힘껏 움직인 것 같아…….."

듣고 보니 나리카의 수영복 상의가——하고 무심코 눈으로 확인하려고 하는 바람에 허둥지둥 얼굴을 돌렸다.

"미안해! 나도 잠시 휴식할게!"

아무튼 나도 휴식을 핑계로 이탈했다.

되도록 나리카를 보지 않도록 하면서 다가간다.

"애초에 나보다 여자를 부르는 게 낫잖아…….."

"……………하, 하긴."

왜 그러지 않았지? 나리카는 그런 느낌으로 허둥댔지만, 그건 내가 물어보고 싶다.

나리카의 수영복은 검은색이다. 사람들로 붐비는 가운데 서둘러서 찾아보지만, 눈에 띄지 않는다.

"저쪽 바위까지 흘러갔을지도 모르겠는걸."

"기, 기다려. 나를 혼자 두지 마."

"아니, 하지만…… 그렇다면 따라올래?"

"그, 그래. 헤엄치는 척하면 어떻게든…….."

나리카는 몸을 숙이고 따라왔다.

상반신을 감추려는 것이리라. 몸을 내게 밀착하려고 하는데, 그것도 위험하다는 걸 눈치챘으면 좋겠다. 정신적으로 몰린 나리카에게 그걸 말하는 건 너무 잔인할까……?

(생활력 없음)
~영애들이 다니는 명문 학교에서 제일가는 **아가씨**를 남몰래 돕는 시중 담당이 되었습니다~ 4

바위에 도착하자 사람들도 줄어들어서, 나리카는 안심했다.

보니까 바위와 바위 사이에 검정 수영복이 떠다닌다.

"저기 있어!"

수영복을 주운 나는 곧바로 바위 뒤에 숨은 나리카에게 주려고 했다.

"자, 잠깐! 이쪽을 보지 마!"

"미, 미안해!"

허둥지둥 눈을 돌리면서 나는 다시 수영복을 나리카에게 건네줬다.

"이, 이젠 봐도 돼……."

허가가 떨어져서, 나는 시선을 원위치로 돌렸다.

나리카는 수영복을 다시 입은 상태였다.

"걱정을 덜었네. 모두가 있는 곳으로 돌아가자."

"그래. 저기…… 고마워."

"신경 쓰지 마."

흔한 일……인지는 모르겠지만, 아마도 비키니 수영복은 잘 벗겨지지 않을까?

"그토록 종횡무진 움직이면 수영복이 벗겨지는 것도 당연할 거야."

"그, 그래. 나도 처음에는 편하게 하려고 했는데, 히라노 양이 의외로 강해서 말이지. 무심코 힘을 내고 말았다."

"유리도 운동을 잘하니까 말이야. 어젯밤에도 메시지를 주고받았는데, 마음껏 날뛰고 싶다고 자꾸 그러더라고."

"메시지…………."

갑자기 나리카가 얼굴을 숙였다.

그러나 이어서 나리카는 결심한 듯한 표정으로 나를 봤다.

"이, 이츠키. 저기, 잠깐 이쪽으로 와 주겠어?"

"어? 상관없지만, 뭘……."

하려는 거냐고 물어보려고 한 순간.

나리카는 재빨리 나와 거리를 좁히더니, 오른손을 힘껏 내밀었다.

"에, 에잇!"

"으헉?!"

무도의 천재, 미야코지마 나리카의 손바닥이 뺨을 스친다.

시즈네 씨에게 호신술을 배운 나도 전혀 반응하지 못했다.

쿵! 하고 큰 소리가 등 뒤에서 울린다.

나리카의 손바닥은 내 뺨을 스치고 뒤에 있는 바위에 부딪혔다.

"왜, 왜, 손바닥 치기를……?"

"손바닥 치기?! 아아아, 아니다! 이, 이건, 벽쿵이다!"

"벽, 쿵?…………… 벽쿵?"

왜 벽쿵이냐는 말은 나오지 않았다.

오히려 수수께끼가 더 깊어질 뿐이다.

"이, 이렇게 하면, 저기…… 이츠키랑, 더 친해질 수 있다고, 들었다."

나리카가 우물쭈물 사정을 설명했다.

"참고로, 누가 그랬어?"

"히라노 양이……."

그렇겠지. 나는 납득했다.

벽쿵 같은 문화가 상류층 아가씨들 사이에 침투했을 리가 없다. 내가 가르쳐 준 것도 아니니까 유리밖에 없겠지.

"벽쿵은, 나리카가 생각하는 것처럼 만능의 수단이 아니야."

"그, 그래?"

"그리고 그 차림으로 하면 보기 민망한데……."

나는 눈을 돌리면서 말했다.

나리카는 한순간 아리송한 눈치였지만, 곧바로 그 의미를 눈치챘다.

"――?!"

허둥지둥 나와 거리를 벌린 나리카는 두 손으로 자기 가슴을 가렸다.

그러나 그 시점에서 수치심이 한계에 달했는지 머리를 감싸고 주저앉는다.

"아아아…… 오늘은 이츠키에게 창피한 꼴만 보인다……!"

언제나 그런 느낌이라는 말은 일부러 하지 않았다.

"결국, 뭘 하고 싶었던 거야……?"

시간을 두고, 차분해진 나리카에게 물어봤다.

나리카는 천천히 일어나 촉촉해진 눈으로 나를 봤다.

"이츠키. 사실은, 오래전부터 물어보고 싶은 게 있었어."

작게 고개를 끄덕인 내게, 나리카가 말했다.

"코노하나 양과는, 무슨 관계야?"

묘하게 진지한 투였다.

기이한 박력이 느껴진다. 내가 동요를 참는 동안 시간이 몇 초 흘렀다.

"무슨 관계긴. 예전에도 말했잖아. 나는 지금 코노하나 양의 집에서 일해."

"하지만 코노하나 양을 이름으로 불렀잖아."

"윽."

왜 그걸 아는 거지?

말이 나오지 않는 나를 대신해서, 나리카가 말했다.

"이츠키는 모르겠지만, 딱 한 번, 내 앞에서 이름으로 부른 적이 있다. 사실은, 서로 이름으로 부르는 관계인 거지……?"

전혀 몰랐다. 평소의 나라면 절대로 그러지 않는다.

아직 내가 시중 담당의 일에 익숙해지기 전일까? 그래도 조심했을 텐데……. 아니다. 그건 됐다. 이미 들린 다음이다. 시기는 아무 관계도 없다.

머릿속에서 잽싸게 변명이 떠올랐다. 예를 들면 내가 지금 사는 코노하나 가문의 저택에 성이 같은 사용인이 우연히 있어서, 헷갈리니까 이름으로 부르게 되었다든가. 억지가 심하지만, 일단 앞뒤는 맞는다.

하지만 역시, 거부감이 들었다.

고용된 이상, 나는 코노하나 가문에 피해를 줄 수 없다. 그러나 그러면서도 되도록 거짓말하고 싶지 않다.

"그래, 맞아."

마지막으로 내 입에서 나온 것은 긍정하는 말이었다.

"코노하나 가문의 저택에서 일하는 동안, 나는 히나코와 친해졌어. 아마도 나리카가 생각하는 것보다도……."

호칭을 바꾼 내게, 나리카는 눈을 크게 떴다.

"그렇다고 해서 내가 학교에서 그렇게 불렀다간 히나코가 주목받을 거야. 안 그래도 나와 히나코는 넓다고는 해도 같은 저택에서 살잖아. 나쁜 소문이 퍼지면 히나코와 코노하나 가문에 피해를 줘. 그래서 나는 남들 앞에서 코노하나 양이라고 부르는 거야."

나리카가 납득한 기색을 보였다. 그리고 뭔가를 눈치챈 표정을 지었다.

내가 나리카 앞에서 '히나코'라고 부른 것은 지금뿐이다.

이제부터는 원래대로 돌린다. 카루이자와에 우리 말고 다른 키오우 학원의 학생이 숙박한 이상, 어쩌면 이 해수욕장에 있을지도 모르니까.

"이츠키다워. 결국, 자기가 아니라 남을 위해서인가……. 그렇게 말하면 불평할 수 없잖아."

나리카는 한숨을 푹 쉬었다.

나리카는 답답하다는 듯이 말하지만——.

"하지만 생각해 보면 우리는 처음부터 이름으로 불렀잖아."

"으…… 그, 그야, 그렇지만……."

가슴속에 있는 불만을, 나리카는 말로 잘 표현할 수 없는 듯했

~영애들이 다니는 명문 학교에서 제일가는 **아가씨**를 남몰래 돕는 시중 담당이 되었습니다~ 4
(생활력 없음)

다.

　나리카는 팔을 들었다 내렸다 하면서 어떻게든 감정을 정리하고 입을 열었다.

　"하지만, 하지만…… 나는, 역시, 이츠키에게 더 특별해지고 싶다!"

　이건 서투르니까 쓸 수 있는 무기일까?

　나리카는 종종 자기 마음을 직설적으로 던진다.

　어떻게 반응해야 좋을지 몰라서, 나는 긴장한 채로 입을 다물었다.

　"그, 그러니까, 이츠키!"

　"네, 넵."

　"메, 메일 주소를, 교환하지 않겠어?!"

　"네……?"

　왜 그런 결론에 이른 걸까?

　의미를 몰라서 뇌가 정지했다.

　"나, 나도 이츠키랑, 메시지?란 것을 주고받고 싶다! 학교에 있을 때만이 아니라, 쉬는 날에도 연락하고 싶다!"

　아하, 그런 거구나.

　"그러네……. 그러고 보니 우리는 아직 연락처도 교환하지 않았구나."

　정말이지 지금 와서 할 소리가 아니다.

　나는 유리 말고 스마트폰으로 연락을 주고받을 일이 거의 없어서, 연락처 교환을 까맣게 잊었다.

"스마트폰을 가지러 돌아갈까. 메일 주소도 교환하겠지만, 요새는 앱으로 대화하는 경우가 더 많으니까, 나리카는 일단 그것부터 하자."

"그, 그래. 그것도 가르쳐 주면 좋겠다."

불안정한 바위 위를 지나 모래사장으로 향한다.

작은 물결에 흔들리면서 걷다 보니, 문득 나리카가 내게 말을 걸었다.

"이츠키. 등에 그건 히라노 양에게 맞은 자국이야?"

"그래, 아직 남았어? 이젠 하나도 안 아프니까 신경 쓰지 않아도 돼."

"……."

갑자기 나리카가 침묵했다.

다음 순간, 내 등에서 찰싹 소리가 울렸다.

"아야?! 어? 왜?!"

"아무것도 아니다……."

나는 왜 등짝을 맞은 걸까?

의문을 느끼면서 모래사장으로 나갔다.

그러고 보니까 다른 사람들의 모습을 못 봤다. 다들 휴식하는 걸까?

"다들, 여기야."

파라솔 아래에 앉은 유리가 우리를 보고 말을 걸었다.

나와 나리카는 파라솔이 있는 곳으로 갔다. 근처에는 히나코와 텐노지 양이 없다.

"유리, 혼자야?"

"친구가 없는 사람처럼 말하지 말지? 두 사람은 탈의실에서 선크림을 다시 바르고 있으니까, 내가 짐을 지키는 거야."

진짜 친구가 없는 사람은 지금 내 옆에 있으니까, 그런 소리를 하려는 의도는 없었다.

"그나저나 너희는 어디 갔던 거야."

"그늘진 데를 찾아다녔는데, 좋은 곳이 안 보이더라고."

"아하, 그랬구나. 뭐, 파라솔 밑에 있어도 꽤 더우니까……."

유리는 손으로 부채질하고 얼굴에 바람을 보내려고 했다.

잽싸게 나온 변명치고는 내가 생각해도 좋았다. 유리는 의심하는 기미가 없었다.

파라솔 아래에 둔 내 가방을 들고, 안에서 스마트폰을 꺼낸다.

"나리카. 스마트폰은 있어?"

"이, 있다!"

가방에서 스마트폰을 꺼낸 나리카에게 먼저 앱을 설치하게 했다. 한순간 나리카의 연락처에 등록된 이름이 적은 것을 보고 허탈한 기분이 들었지만, 앞으로는 함께 늘려나가면 되겠지. 지금의 나리카는 마음만 먹으면 얼마든지 늘릴 수 있을 것이다.

"이걸로 등록이 끝났어."

막힘없이 ID 추가를 마친 것을 확인한다.

때마침 히나코와 텐노지 양이 이쪽으로 오는 게 보였다.

나는 스마트폰을 다시 가방에 넣으려고 하지만―― 그 직전에 스마트폰이 울렸다.

"응?"

메시지가 왔다.

나리카가 보낸 것이다.

나리카 : 나는, 누구에게도 질 마음이 없다냐

그 내용을 보고, 나는 무심코 눈앞에 있는 나리카에게 눈길을 돌렸다.

나리카는 부끄러운 듯이 눈을 피했다.

기념비적인 첫 메시지에서 오탈자를 내는 것이 정말 나리카다웠다. 스마트폰 조작이 익숙하지 않은 걸지도 모른다.

보내준 말의 진의를, 나는 애매하게나마 확실하게 받았다.

하지만…… 역시 그런 걸로 경쟁할 필요는 없다고 본다.

나는 곧바로 나리카의 메시지에 답장을 보냈다.

이츠키 : 나리카에겐 나리카의 장점이 있다냐

메시지를 받은 나리카는 처음에는 기쁨을 곱씹는 듯한 얼굴이었지만, 곧바로 어미가 '냐'가 된 것을 알아채고 고개를 갸우뚱했다.

얼마 후, 자신의 오탈자를 깨달은 나리카는 "앗?!"하고 소리쳤다.

"이, 이츠키는 심술쟁이야…………."

그건 내가 할 소리야.

갑자기 나를 놀라게 하지 말라고.

◆

선크림을 다시 바른 일행과 합류한 뒤, 우리는 다시 바다에서 놀았다.

모래사장에서 느긋하게 이야기하거나, 더워지면 다시 헤엄치거나.

여름다운 일을 한다는 생각이 들었다.

작년의 나는 뭘 했더라. 아르바이트에 몰두한 바람에 기억이 흐릿하다.

하지만 아마도 이 여름을 평생 못 잊겠지.

"조금, 목이 타네요."

"아, 그러면 내가 모두가 마실 걸 사 올게요."

헤엄치다 지쳐서 튜브에 타고 느긋하게 쉬고 있던 참이다. 체력을 회복했으니까 마침 잘됐다. 나는 바다에서 나와 가방에서 지갑을 꺼냈다.

"토모나리 씨."

샌들을 신을 때 등 뒤에서 누가 말을 걸었다.

"어라, 텐노지 양?"

"다섯 명이 마실 것을 혼자 가져오면 힘들겠죠? 게다가 목이 탄다고 말한 사람은 나니까요."

그렇게 말하며 텐노지 양도 샌들을 신는다.

그대로 둘이서 자판기가 있는 곳으로 갔다.

가장 가까운 자판기에는 줄이 조금 있었다. 다섯 명이 마실 것을 사려면 시간이 조금 걸릴 것 같아서 기다리는 사람들에게 미안하니까 조금 떨어진 곳에 있는 자판기로 향한다.

"이츠키 씨."

주변에 사람이 줄어들었을 때, 텐노지 양이 내 호칭을 바꿨다.

"키오우 학원 학생이 근처에 있을지도 모르는데요."

"있어도 이 거리에서 이 정도 목소리라면 들리지 않아요."

그 말이 맞을지도 모르지만······.

체념한 나는 슬쩍 한숨을 쉬었다.

"텐노지 양은 참 대담하네."

"그럼요. 나는 항상 대담무쌍하게 살 거예요."

하긴 내가 아는 선에서 그 사자성어가 가장 잘 어울리는 사람은 텐노지 양이다.

그러나 목소리가 안 들려도 그 외모로는 시선을 모은다.

촉촉하게 젖은 금발 롤 헤어── 그런 말이 머릿속을 스쳤다. 물에 젖은 금발은 아름답게 빛나는 것 같고, 그 화려함에 뒤지지 않을 만큼 잘 성장한 육체가 드러나 있다.

이건 직시하지 않는 게 좋겠다.

히나코의 수영복 차림이 익숙해진 나라도 눈에 해롭다.

"어머? 이건······."

자판기에 다가가자 텐노지 양이 고개를 갸우뚱했다.

그렇구나. 어쩌면 키오우 학원에 다니는 아가씨께선 자판기를 이용한 적이 없을지도 모른다.

"이건 자판기라고 해서……."

"무, 무시하지 마셔요! 그 정도는 알아요!"

"미, 미안해. 하긴 그 정도는 알겠지."

요즘 세상에 길거리를 걷다 보면 자판기 정도는 얼마든지 눈에 들어온다. 키오우 학원에 통학하기만 해도 여러 대를 본다. 잘 생각해 보면 모를 리가 없었다.

잠시 뭘 마실지 고민했지만, 이럴 때는 무난하게 스포츠 드링크를 골랐다. 해괴망측한 걸 골라서 놀라게 하고 싶은 마음도 조금은 있지만, 그건 다음 기회로 미루자.

텐노지 양에게 캔을 두 개 주고, 나는 세 개를 들었다.

확실히 이걸 혼자가 다 들고 가려면 힘들겠다. 같이 와 줘서 다행이다.

"……?"

텐노지 양은 뭔가 몹시 의아한 눈치로 두 손에 든 캔을 빤히 봤다. 뚜껑, 옆면, 바닥을 자세히 관찰한 다음, 갑자기 납득한 것처럼 입을 연다.

"캔 따개는 따로 파나요?"

"푸──흡!!"

예상을 벗어난 일격이었다. 무심코 뿜었다.

자판기는 알아도, 캔 음료는 몰랐나 보다.

"이, 이건, 이렇게 해서 여는 거야. 큭큭……."

"────!! 웃지 마셔요! 웃지 마셔요!"

탭을 당겨서 뚜껑을 따고 내용물을 마시자 텐노지 양이 얼굴을 붉혔다.

툭탁툭탁 때리지만, 귀엽기만 하고 전혀 아프지 않다.

"인, 인원수만큼 샀으니까 돌아갈까."

아직 웃음이 나올 것 같아서, 내 목소리는 조금 떨렸다.

못마땅한 기색으로 볼을 부풀린 텐노지 양과 함께 걷는다.

그 도중에 텐노지 양이 갑자기 걸음을 멈췄다.

"이츠키 씨. 조금 이야기하고 가시겠어요?"

"이야기?"

"그래요. 저기…… 조금 상담하고 싶은 게 있어요."

표정을 봐서는 결코 가벼운 내용이 아닌가 보다.

이어질 말을 기다리자 텐노지 양은 용기를 내고 말했다.

"이건…… 그래요! 예를 들어서 하는 말이에요!"

텐노지 양의 이야기인가 보다.

거짓말을 못 하는 사람이다.

"예를 들어서 지금 여기에, 아────주 장래가 유망한 소녀가 있다고 하죠!"

"아────주."

"그래요. 아────주."

얼마나 대단하지 잘 몰라서, 아무튼 텐노지 양과 똑같은 수준이라고 머릿속으로 가정했다.

"그 소녀는 장래의 이 나라의 정점이나, 그것과 비슷한 지위에 군림하는 것을 약속받았답니다. 하지만 소녀의 마음은 결코 강철 같지 않아요. 기댈 수 있는 상대를…… 의지할 상대를 마음속으로 원한답니다."

고개를 끄덕여서 계속 말하라고 권한다.

"만약, 그런 소녀에게 함께해 달라는 말을 들으면…… 이츠키 씨, 당신은 어떻게 생각할 거죠?"

그 질문을 듣고, 나는 생각했다.

어떻게? 그건 무슨 의미일까?

질문의 의도를 이해하지 못한 내게, 텐노지 양은 보충하듯 더 말했다.

"그 소녀와 함께하려면 당연히 여러 가지 시련을 극복해야 해요. 일은 힘들고, 실패는 용납되지 않고, 수천, 수만의 부하를 이끄는 처지가 되죠……."

텐노지 양이 나를 바라본다.

"부담스럽다고, 느끼지 않을까요……?"

텐노지 양의 눈빛이 희미하게 흔들린다.

여름 더위로 머리가 잘 돌아가지 않은 걸지도 모른다. 이제야 나는 상담 내용의 전모를 이해할 수 있었다.

보아하니 텐노지 양은 불안한 것 같다.

자신이 주목받는 것은 본인도 잘 안다. 그렇기에 곁에 서는 사람의 마음도 진지하게 생각한 것이다. 이건 내가 공감하기 어려운 감정이다.

우리 같은 일반인도, 비슷한 느낌으로 신경을 쓸 때가 많다.

나 따위는 그 사람과 어울리지 않는다거나, 나 따위는 그 사람의 기대에 부응할 리가 없다거나, 나 따위는 그 사람에게 의견을 말할 수 없다거나…… 키오우 학원에도 그렇게 생각하는 학생이 있겠지.

그러나 텐노지 양의 경우는 반대다.

우리의 그런 감정을 알고, 본인도 신경을 쓰려고 하는 것이다.

그 대상도 바보는 아니다. 다른 사람들이 거리를 두려고 하거나, 이상하게 사양하는 동안에 깨닫는 일도 있겠지.

자신은 이 사람들 곁에 있어서는 안 된다고.

(나는…….)

내 경우는, 어떨까?

상대는 텐노지 양과 버금갈 정도로 대단한 인물. 지위가 높고, 권력이 강하고, 그러면서도 인격적으로도 존경할 수 있다.

그런 상대에게, 곁에 있어 달라는 말을 듣는다면…….

"부담은, 있을 것 같네……."

솔직한 감상이었다.

텐노지 양이 시선을 내린다.

"하지만 무척 영광스럽게 여길 거야."

이어서 고백한 내 말에, 텐노지 양은 얼굴을 들었다.

텐노지 양이 말한 상황을, 나는 머릿속으로 상상해 봤다. 그 결과, 내 가슴속에는 불안 말고도 다른 감정이 싹텄다.

그 감정을 드러내는 건 조금 부끄럽지만…… 텐노지 양은 비웃지 않으리라.

나는 말을 정리하면서 설명했다.

"알다시피, 나는 키오우 학원에 오고 나서 매일 고생했어. 하지만 신기하게도, 나는 그런 나날을 즐겁게 여겨."

처음에서 지금에 이를 때까지, 그리고 필시 앞으로도 고생만 하겠지.

하지만 그런 나날이라도 내가 긍정적으로 살 수 있는 건——.

"아마도, 자랑스러운 거야."

"자랑스럽다고요……?"

"그래. 고생은 있지만, 그보다도 키오우 학원에서 하루하루를 자랑스럽게 느끼는 거야. 굉장한 환경에서, 굉장한 사람들과 절차탁마할 수 있어서…… 매일 미숙함을 깨달으면서도, 그 미숙함을 극복할 때마다 마음이 충실해져."

그 충족감이 없으면 진즉에 좌절했겠지.

"그러니까 아까 한 질문의 대답도 똑같아."

나는 텐노지 양과 눈을 마주치고, 고백했다.

"만약 그 소녀가 함께해 달라고 말하면…… 나는 자랑스럽게 여길 거야."

부담은 책임감의 증거다.

책임을 맡긴다는 것은 신뢰의 증거다.

텐노지 양이 말한 것처럼, 장래가 아————주 유망한 소녀가 신뢰해 준다면, 나는 분명 자랑스럽게 여기겠지.

"그렇군요……."

텐노지 양은 조용히 고개를 끄덕였다.

왠지 모르게 기쁜 듯한 표정을 보고, 나는 무심코 궁금한 점을 말했다.

"저기, 텐노지 양. 그 소녀란 텐노지 양을 말하는 게……?"

"아니에요……. 나는 아직 그만큼 장래가 유망하지 않으니까요."

아직 아니라고 말한 이상, 목표이긴 한 듯하다.

"하지만 지금 이야기를 듣고, 나는 결심했어요."

텐노지 양은 왠지 모르게 즐거운 투로 말을 이었다.

"나는 더 높은 곳을 목표로 삼을 거예요. 타의 추종을 불허할 마음으로."

당당하게 웃고, 텐노지 양은 말했다.

그 눈에는 지금껏 없었던 도전적인 의지가 깃들었다.

"구체적으로, 뭘 어쩌려고?"

"그건 아직 정하지 않았지만, 방침을 바꾸려고 생각해요."

"방침을?"

"예나 지금이나, 나는 코노하나 히나코를 이기고 싶답니다. 분하지만, 나에게 있어서 코노하나 히나코는 이상적인 목표이고, 알기 쉬운 목표이기도 해요. 하지만 전에 시험 점수로 코노하나 히나코와 어깨를 나란히 했을 때, 문득 생각했어요. 학업에서만 이겨서는 진정한 의미에서 승리하는 게 아닐지도 모른다고."

텐노지 양이 말을 잇는다.

"코노하나 히나코를 뛰어넘는다는 목표를 바꿀 생각은 없어

(생활력 없음)

요. 그러나 학업에만 집착할 필요는 없을지도 모른다고, 그렇게 생각한 것이어요."

물론 학업에서도 질 마음은 없지만요. ——텐노지 양은 그렇게도 말했다.

하긴, 텐노지 양은 히나코를 호적수로 보지만, 구체적으로 경쟁하는 분야는 주로 학교에서 보는 시험…… 학업과 성적과 같은 것으로 일관했다.

텐노지 양은 한 번 학교 시험에서 히나코와 동점을 기록했다. 그때 성취감과 함께 위화감이 든 것이리라. 이 길만 간다고 해서 자신이 정말로 만족할지. 올곧게 노력한 텐노지 양은 그 종착점을 엿보고, 다른 길을 검토한 것이다.

"그야 뭘 할지는 앞으로 생각할 작정이지만요. 코노하나 히나코에게는 없고, 나만이 가진 것. 그것을 연마하고 싶답니다."

방향성은 아직 정해지지 않은 듯, 텐노지 양은 고민하는 것 같았다.

뭔가 보탬이 될 수 없을까 싶어서, 나는 생각했다.

학업 말고 텐노지 양이 뛰어난 점이라고 하면…….

"텐노지 양은, 인망이 있지?"

떠오른 것을 입에 담았다.

"하지만 그건 코노하나 히나코도 마찬가지예요."

"아니, 뭐랄까…… 코노하나 양과는 질이 다르다고 할까."

잘 표현할 수 없다.

하지만 히나코와 텐노지 양 사이에는 확실한 차이가 있다.

"카리스마, 일까……?"

텐노지 양과 히나코의 차이.

그 답이 내 마음속에서 조금씩 언어가 되었다.

"텐노지 양에게는 카리스마가 있다고 봐. 집단을 통솔하는 힘이라고 할까, 이 사람의 지시에 따르고 싶어진다고 할까…… 그건 코노하나 양에게는 없는 힘이야."

실제로 히나코는 본인이 원해서 사람을 앞에 나서는 성격이 아니다. 능력으로는 가능하겠지만, 히나코는 사람들 앞에 서는 것을 부담으로 느낀다.

그러니까 텐노지 양이 히나코를 이길 분야는 그것이다.

히나코의 본성을 아는 나니까 확신한다.

어쩌면 텐노지 양은 다른 사람과의 관계성에서 히나코보다 더 빛날지도 모른다.

"그렇, 군요……."

내 말을 들은 텐노지 양은 고개를 끄덕였다.

"카리스마…… 사람들을 통솔한다……. 그래요. 듣고 보니 잘 와닿아요. 확실히 그건 내가 잘하는 분야. 코노하나 히나코가 상대라도 질 마음이 없어요."

애매모호한 감각을 말로 표현함으로써 자신의 감정을 확실하게 자각한다.

"게다가…… 당신에게 그런 말을 들으면 더더욱 자신감이 생기니까요."

나를 보고 중얼거린 텐노지 양은 그 눈에 결의를 담았다.

(생활력 없음)
~영애들이 다니는 명문 학교에서 제일가는 **아가씨**를 남몰래 돕는 시중 담당이 되었습니다~ 4

"고마워요. 이츠키 씨. 나는 목표가 보이기 시작했어요."

텐노지 양은 머리를 숙였다.

그 목소리에는 이미 망설임이 없다.

"우선 학생회장을 목표로 삼는 것도 나쁘지 않겠군요."

"학생회장?"

"어머, 모르셔요? 다음다음 달에 키오우 학원 학생회 선거가 있답니다. 집안의 일도 있어서 출마하지 않을 예정이었지만…… 지금, 출마를 결심했어요."

이 짧은 시간에 구체적인 계획도 짠 듯하다.

안 그래도 우수한 학생이 모이는 키오우 학원. 그 학생회장이 되려면 평범하지 않은 노력이 필요하리라. 텐노지 양이라도 고생할 것이다.

"내가 할 수 있는 일이 있다면 뭐든지 말해 줘. 협력하겠어."

"그래요. 그때가 되면 이츠키 씨가 마음껏 자랑스럽게 여기게 해드리겠어요."

시선을 통해서 신뢰가 전해진다.

그 신뢰에 부응할 수 있도록, 나도 지금부터 노력하는 게 좋을지도 모른다.

"슬슬 돌아갈까요."

"그래."

텐노지 양과 함께 모두가 있는 곳으로 돌아가자.

"그나저나 이츠키 씨. 등에 생긴 빨간 자국은 히라노 양이 남긴 것이어요?"

"아, 아니. 아마도 나리카가 남긴 것도 있을걸. 아까 이유도 없이 때리더라고."

"……."

텐노지 양은 뭔가 복잡한 표정을 지었다.

"이름을 써놓고 싶지만, 펜이 없으니까 이걸로 용서해 주겠어요. 에잇!"

"아야?!"

텐노지 양이 내 등짝을 때렸다.

진짜 왜……?

이츠키와 미레이가 둘이서 자판기로 가고 몇 분 뒤.

두 사람이 돌아오는 모습을, 유리는 조용히 관찰했다.

"마실 것을 사 왔어요."

이츠키가 셋, 미레이가 둘, 총 다섯 개의 캔 음료를 가져왔다. 그중 하나는 이미 뚜껑을 딴 상태다. 이츠키가 마신 듯하다.

(아…… 아마도 뭔가 있었나 보네.)

이츠키와 미레이의 거리감이 아까보다 조금 줄어든 것처럼 보인다.

미레이는 예전에 유리에게 상담한 적이 있었다. 그걸로 이츠키와 이야기한 거겠지. 두 사람의 분위기를 봐서는 미레이에게 달가운 대답을 들은 듯하다.

(아까는 일부러 모른 척했지만, 미야코지마 양과도 단둘이서 뭔가 한 것 같고…… 두 사람 모두 순조롭게 한 걸음을 뗀 것 같아.)

이츠키와 나리카가 바위 뒤로 간 것도, 유리는 눈치챘다.

그 두 사람의 거리감도 줄어들었다.

두 사람 모두 응원하는 유리에게는 안심되는 결과다.

(응……?)

문득, 유리는 옆에 있는 히나코의 낌새가 이상함을 눈치챘다.

언제나 살갑게 웃는 히나코기…… 지금은 희미하게 괴로운 얼굴을 했다.

"무슨 일 있어? 코노하나 양?"

"아니요. 아무 일도 없어요."

말과는 정반대로, 히나코의 표정은 지금도 딱딱했다.

그 시선은 눈앞에 있는 두 사람…… 아까보다 조금 더 화기애애한 분위기인 이츠키와 미레이를 쭉 향하고 있다.

그건 마치 두 사람의 관계를 질투하는 것처럼 보이는데——.

(왜 이런 얼굴을 하는 걸까……? 코노하나 양은 이츠키를 좋아하지 않는데.)

유리는 고개를 갸우뚱했다.

◆

어느덧 하늘이 어두워졌다.

여름이 낮이 길어서 그런지 밤과의 경계가 뚜렷하지 않다. 어느새 해가 저물 시간대가 지났는지, 우리는 아마 아무도 몰랐을 것이다. 그 정도로 즐겁게 지낼 수 있었다.

슬슬 쌀쌀해져서 우리는 바다에서 나왔다.

샤워로 몸을 씻고, 옷을 갈아입은 다음에 다시 집합하자 바비큐 준비가 되어 있었다.

"바비큐 세팅을 했어요."

시즈네 씨가 공손하게 머리를 숙이고 말했다.

불판을 올린 화로와 숯, 집게. 그리고 고기와 채소 등의 재료도 얼추 있다. 이거라면 바로 시작할 수 있을 것 같다.

"국내에서 하는 건 오랜만이네요."

"국내에서?"

텐노지 양의 발언이 신경 쓰여서, 나는 고개를 갸우뚱했다.

"미국처럼 홈 파티가 유행하는 나라에서는 바비큐를 먹을 기회가 자주 있답니다. 그것도 사교의 일종이에요."

"그렇군요……."

글로벌한 이야기다.

그러나 잘 생각해 보면 당연한가. 이 자리에 있는 아가씨들의 권위는 국내에 한정되지 않는다. 히나코도 외국 경험은 풍부하리라.

"참고로 그 바비큐는 직접 고기를 구웠나요?"

"네? 바비큐는 전문 요리사가 고기를 굽는 게 아니어요?"

"우리 같은 서민들은, 직접 굽는 법인데요."

무엇이 옳은지 그른지 하는 이야기는 아니지만, 예상대로 착각한 듯하다.

그러자 텐노지 양이 침착하지 못한 기색을 보였다.

나리카도 비슷한 낌새를 보였다.

"이번엔 우리끼리 해볼래요?"

"그, 그래요! 해보고 싶어요."

"나, 나도, 직접 해보고 싶다……!"

호기심이 왕성한 아가씨들이다.

텐노지 양만이 아니라, 나리카도 직접 해본 경험이 없는 듯하다.

"그러면 다 같이 해볼까."

유리가 의욕이 넘치는 얼굴로 말했다.

텐노지 양과 나리카에게 경험이 없다면, 히나코도 없겠지.

그러나 평소 손님에게 요리를 제공하는 유리가 있다면 문제없을 것이다.

"그러면 우리는 떨어져 있겠습니다. 무슨 일이 생기면 말씀해 주세요."

시즈네 씨는 머리를 숙이고 우리 곁에서 멀어졌다.

이 해변은 캠핑할 수 있는 공원과 인접했고, 바다와 공원 사이에는 물건을 씻을 수 있는 수도 시설을 갖췄다.

우선 다 같이 그곳으로 재료를 날랐다.

"좋아. 먼저 채소를 씻는 것부터 시작해야지."

유리가 두 손을 허리에 대고 기운을 북돋운다.

그때 문득 나는 의문을 느꼈다.

"그나저나 여러분, 바비큐 이전에 요리 경험은 있나요……?"

아가씨들은 고개를 가로저었다.

그러시겠죠. 나는 속으로 중얼거렸다.

보아하니 이 아가씨들은 요리 자체를 해본 적이 없는 듯하다.

"힘내야겠네……."

잠시 침묵한 뒤, 유리가 중얼거렸다.

'주로 내가' 라는 말은 유리의 배려로 감춰졌다.

나는 바비큐 경험이 없지만, 싸구려 프라이팬으로 재료를 굽는 정도라면 자주 경험했다. 적극적으로 거드는 게 좋을 듯하다.

히나코가 미안한 기색으로 유리에게 머리를 숙였다.

"부디 잘 지도해 주시길 바라겠어요."

"그래. 뭐, 바비큐는 썰고 굽기만 하면 되니까 대단한 일은 필요 없어. 식칼은 나랑 이츠키가 쓰고, 다른 사람들은 간단한 준비 작업을 시킬게. 구체적으로는……."

유리는 재빨리 지시를 내렸다.

가져온 재료와 알루미늄 호일을 슬쩍 본 유리가 말을 잇는다.

"감자 호일 구이를 할까? 거기 있는 감자의 껍질을 벗겨 줄래? 씻은 건 여기에 둬."

"알겠습니다."

아가씨들은 감자와 감자칼을 손에 들었다.

세 사람이 감자를 손질하는 동안, 나와 유리는 다른 채소를 담

(생활력 없음)

당했다.

"유리, 양파는 둥글게 썰면 되지?"

"그래. 아, 거기 버섯을 이리 줘."

팩에 든 새송이버섯을 유리에게 준다.

처음 보는 브랜드였다. 팩 자체가 금색으로 빛난다.

"아무리 그래도 이 정도의 재료를 쓴 적은 없어……."

"역시 비싼 거야? 이건?"

"그래. 참고로 고기도 *BMS 12인 엄청난 것밖에 없어."

"BMS……?"

"쉽게 말하자면, 더 높은 게 없는 최고 등급이란 거야. 샤토브리앙도 있던걸."

고기 등급은 A5나 B4 정도밖에 모르지만, 보아하니 다른 등급 표기도 있는 듯하다.

아마도 이 양파도 비싼 거겠지. 새송이버섯과 다르게 이건 망만 있어서 브랜드를 알 수 없지만, 평소보다도 신중하게 다루기로 했다.

양파는 먼저 식칼로 양 끝을 잘랐다. 이러면 껍질을 벗기기 편해진다.

"잘하네."

"어릴 적에 이것저것 했으니까. 요리도, 재봉도, 집에서는 내일이었어."

그러고 보니 나는 요리하는 걸 유리에게 보여준 적이 없다.

* BMS(Beef Marbling Score): 지방 함량으로 소고기 등급을 판별할 때 쓰는 지표.

시식회 때는 나는 몇 번인가 돕겠다고 했지만, 유리는 항상 고개를 젓고 내가 편하게 있길 바라는 눈치였다.

조금 신선한 기분이 든다.

종종 유리의 손재주에 감동하면서, 나는 요리를 즐겼다.

"너는 옛날부터 가정과 성적은 좋았으니까. 선생님도 자주 칭찬했고."

유리가 식칼을 내리면서 말했다.

흐릿하지만 그런 기억도 있다.

"그러고 보니 키오우 학원엔 가정과 수업이 없네."

"와~. 상류층 아가씨들은 요리도 재봉도 사용인에게 맡기는 게 당연하겠네."

"그렇겠지. 그렇게 생각하면 요리할 줄 모르는 것도 당연한가……."

양파 썰기가 끝났다.

자, 아가씨들은 어쩌고 있을까?

혹시 몰라서 상황을 확인해 본다.

"알겠어요! 이건, 이렇게 드는 것이어요!"

"아니, 이 칼날 각도를 보면…… 거꾸로 드는 게 맞아."

아직 감자 껍질도 안 벗겼다.

텐노지 양과 나리카가 감자칼을 드는 방법에 관해서 토론하고 있다.

히나코는 말없이 서 있는데, 고개를 갸우뚱하면서 손잡이에 달린 구멍에 손가락을 넣고 빙빙 돌리거나 흔들고 있었다. 완벽

한 숙녀의 체면을 지키려고 침묵하고 있지만, 다른 두 사람과 마찬가지로 사용법을 모르는 듯하다.

"감자칼 쓰는 법부터 가르치는 게 좋겠어……."

특히 텐노지 양은 조금 위험하게 잡았다.

멀리 있는 시즈네 씨를 슬쩍 보자 몹시 조마조마한 기색으로 이쪽을 보고 있었다. 평소 싹싹한 태도에서는 상상할 수 없을 만큼 신기한 모습이지만, 이대로 두면 혼날 것 같으니까 나는 곧바로 세 사람이 있는 곳으로 갔다.

"토모나리 씨! 정답은 누구죠?!"

"모두 틀렸어요. 이건 이렇게 들어서……."

텐노지 양도 나리카도 자신이 옳다고 여겼는지 '쿵!' 하는 효과음이 들릴 정도로 풀이 죽었지만, 무시했다.

감자칼을 쓰는 법과 감자의 싹을 떼는 방법에 관해 자세히 설명한다.

얼핏 갈 길이 멀어 보이는 광경이지만, 나는 별로 초조하지 않았다. ──세 사람은 키오우 학원의 아가씨들이다. 한 번 올바른 지식을 가르치면 곧바로 총명한 두뇌를 움직여 적응한다.

묵묵히 재료를 손질하기 시작한 아가씨들을 보고, 나는 내 자리로 돌아갔다.

양파는 전부 다 썰었으니까, 다음은 표고버섯을 손질하기 시작한다.

버섯 뿌리를 제거하고, 갓 부분의 표면에 칼집을 내자 옆에 있는 유리가 이쪽을 빤히 바라보는 것을 느꼈다.

"놀랐어. 너는 정말 익숙하구나……."

"익숙하긴. 뭐, 유리만큼은 아니지만, 나도 조금은 요리하고 살았으니까……."

"그게 아니라."

유리는 세로로 썬 새송이버섯 뭉치를 접시에 올렸다.

"상류층 아가씨를 상대로 뭔가 가르치는 게 익숙하다는 말이야. 그 아가씨들도 네 말을 진지하게 들었고, 이런 교류가 자주 있어?"

피망을 집은 유리가 물로 씻으면서 물어봤다.

"그럭저럭 농밀한 시간을 공유했으니까. 다소의 신뢰 관계는 생겼어."

"흐응. 대단하잖아. 그 키오우 학원 사람들이 의지하다니."

유리가 수도꼭지에서 흐르는 물에 피망을 하나씩 댔다.

"내가 돌보던 이츠키는 대체 어디 간 걸까……."

아래를 보면서, 유리가 중얼거렸다.

옆에서 본 그 얼굴은 조금 쓸쓸해 보였다.

◆

"자! 고기가 다 구워졌어!"

채소와 함께 굽던 고기가 드디어 잘 익었다.

앞접시를 들고 다가가자 유리가 집게로 고기를 올려 주었다.

"맛있어요!"

"그래. 신기하게도 각별한 맛이 느껴진다!"

소금과 후추만 뿌린 것과 소스를 바른 것, 우리는 여러 고기를 입에 넣었다. 혀가 고급인 상류층 아가씨들도 아주 만족한 기색이다.

"고생해서 준비한 보람이 있군요."

"맞아! 그거야, 코노하나 양! 요리의 진가는 바로 그거야!"

히나코의 말을 듣고, 요리업계 관계자인 유리는 무척 즐겁게 말했다.

"고생해서 만든 요리는 맛있지? 하지만 그걸 다른 사람이 먹어서 맛있다고 말할 때는 기분이 더 좋아져."

유리가 열변을 토했다.

그 이야기를 들은 뒤, 텐노지 양과 나리카가 갑자기 고기와 채소를 굽기 시작했다.

"토모나리 씨. 고기가 다 구워졌어요."

"이츠키, 양파를 구웠다."

고기와 양파가 접시에 올라간다.

지금의 아가씨들에게는 굽기만 해도 충분히 요리이리라.

"어어, 다 맛있어요."

두 아가씨가 얼굴이 환해지며 기뻐했다.

"히라노 양이 가져온 요리도 맛있어요."

"고마워. 일하는 데서 좋은 재료를 받은 보람이 있어."

히나코가 든 종이 접시에는 바비큐용 고기와 채소만이 아니라 유리가 호텔에서 사전에 준비한 요리도 몇 가지가 있었다.

바비큐만으로는 부족하지 않을까 싶어서 몇 가지를 챙겼다고 한다. 아르바이트 동안 배운 기술을 실천해 본 거라고 들었다.

"나는 이번 일로 요리 실력이 한참 부족함을 통감했지만, 미각에는 지금도 자신이 있답니다. 소재의 질은 물론이거니와, 이토록 심오하고 섬세한 맛은 오래 세월에 걸쳐 연구해야 비로소 낳을 수 있는 거겠지요. 히라노 양이 요리에 얼마나 진지한지 전해져요."

"우, 우후후…… 그렇게 칭찬받으면 조금 쑥스러운걸."

텐노지 양처럼 딱 봐도 입맛이 고급일 법한 사람에게 칭찬받아서 기쁜 거겠지. 유리는 얼굴을 붉히고 좋아했다.

"이 햄버그도 무척 맛있는데, 이 고기도 맛있네요. 이건 무슨 요리죠?"

"그건 돼지고기 생강구이야. 입맛에 맞아서 다행이야."

"이 튀김도 맛있다. 뭐랄까, 밥이 잘 넘어가는 맛이다!"

"멘치카츠 말이구나. 상류층 아가씨들은 돼지고기 생강구이랑 멘치카츠를 안 먹나?"

듣고 보니 키오우 학원 식당에 그런 메뉴는 없다.

이른바 *B급 구르메에 해당하는 요리를, 상류층 아가씨들은 모르나 보다.

"토모나리 군은 평소에 히라노 양의 집에서 뭘 먹나요?"

"응? 그야…… 햄버그와 멘치카츠, 그리고 돼지고기 생강구이일까."

---

* B급 구르메 : 일본의 신조어. 고급(A급)이 아니지만, 흔하고 저렴하면서 맛있는 음식을 일컫는 말.

숙녀 모드인 히나코가 물어보자 나는 기억을 더듬어서 대답했다.

그랬더니 조금 전까지 시끌벅적했던 분위기가 갑자기 싸해졌다.

텐노지 양은 유리가 가져온 요리를 슬쩍 보고 입을 열었다.

"토모나리 씨가 좋아하는 것만 있군요."

"어?! 아니, 저기…… 우, 우연이야! 우연!!"

유리는 허둥대면서 변명했다.

"어, 어쩔 수 없잖아! 이츠키는 내 시식 담당이었으니까, 잘하는 요리가 저절로 이츠키의 취향에 치우친 거라고!"

나도 그렇겠거니 싶었는데, 아가씨들은 "흐응." 하고 미심쩍은 투로 반응했다.

"그나저나, 이건…… 정말 맛있군요."

유리의 요리를 먹으면서, 시즈네 씨는 감탄한 듯이 중얼거렸다.

"집에서 경영하는 가게가 잘되는 것도 절로 이해되는 맛이에요. 바비큐 고기도, 무척 부드럽군요. 히라노 님, 이건 뭔가 비결이 있습니까?"

"어, 그 고기는 미트 인젝터로 사과주스를 주입했어요. 원래부터 좋은 고기니까 부드럽게 했다기보다는 맛을 조금 바꾼 거지만요."

그렇게 말하면서 유리는 은색 주사기 같은 것을 들어서 보여주었다.

(생활력 없음)

고기를 굽기 전에 유리가 간단히 설명했었다. 세상에는 고기를 과즙에 절여서 부드럽게 하는 기법이 있다고 하는데, 주사기처럼 생긴 이 도구를 쓰면 고기 내부에 과즙을 주입할 수 있어서 단시간에 부드럽게, 두꺼운 고기 속까지 맛을 배게 할 수 있다는 듯하다.

　"히라노 님은 요리 실력을 갈고닦으려고 카루이자와에서 아르바이트를 하는 거였죠?"

　"그런데요……."

　"괜찮다면 우리 쪽에서도 일해 보겠습니까?"

　"네?!"

　눈을 크게 뜨는 유리에게, 시즈네 씨가 말을 잇는다.

　"평일에는 학교에 다녀야 할 테니까, 휴일에…… 주1일 아르바이트라도 상관없습니다. 히라노 님만 괜찮다면 검토해 보겠습니다."

　갑작스러운 제안에 유리가 딱딱하게 굳었다.

　삐걱삐걱 소리가 들리는 것처럼, 유리는 굳은 목을 천천히 움직여 우리를 봤다.

　"이, 이츠키…… 어쩌지……?"

　"아니, 나한테 물어봐도……."

　내가 생각해도 갑작스러운 제안이다.

　둘이서 나란히 놀라자 시즈네 씨가 입을 열었다.

　"너무 놀랄 필요는 없습니다. 우리도 히라노 님에게는 약점을 잡힌 셈이니까, 입막음을 위한 대가인 셈이죠."

"약점이라니…… 아, 이츠키 말이구나."

내가 진짜 신분을 위장하고 키오우 학원에 다니는 걸 말한다.

그렇군. 시즈네 씨의 생각을 이해했다.

유리를 주방 스태프로 부르고 싶다는 마음은 진짜일 것이다. 그러나 그것과는 별개로 내 사정을 아는 유리를 되도록 코노하나 가문에 끌어들이고 싶은 것이다.

이 표현은 불건전할지도 모르지만, 목줄을 채우고 싶다는 뜻이다.

되도록 유리를 눈이 닿는 곳에 두고 싶은 것이리라.

"우리 가게의 일도 있으니까, 조금만 시간을 주세요……."

"알겠습니다. 대답을 기다리겠습니다."

유리의 진지한 답변에 시즈네 씨가 고개를 끄덕였다.

유리의 집도 바쁠 것이다. 상담해야 할 일이 많겠지.

그렇다고는 해도 요리 실력을 갈고닦고 싶은 유리에게 이 제안은 무척 매력적일 것이다. 유리의 눈에서 야심이 활활 타오르고 있었다.

그 뒤에도 우리는 식사를 계속해서 바비큐와 유리의 요리를 다 먹었다.

"후, 배가 부르네요."

텐노지 양이 만족스럽게 배를 쓰다듬는다.

"그러면 마무리는 역시 이거지!"

그렇게 말하고 유리가 가방에서 꺼낸 건, 커다랗고 납작한 봉지였다. 안에는 길다란 빨대 모양의 물체가 대량으로 들었다.

불꽃놀이 세트다. 이런 건 대체 언제 준비했지?

"히라노 양, 그건 대체……?"

"어? 몰라? 폭죽이야."

"폭죽이라면, 하늘에 쏴 올리는 그걸 말하는 거죠? 그렇게 작은 것으로도 되나요?"

히나코와 텐노지 양이 의아한 얼굴을 한다.

그렇군. 보아하니 상류층 아가씨들은 불꽃놀이 세트를 모르나 보다.

"이건 손에 들고 쏘는 폭죽이야. 봐봐."

유리가 점화봉으로 폭죽 끝에 불을 붙인다.

잠시 후, 노란 불꽃이 터져 나왔다.

"부, 불이에요?! 물! 물을 가져오셔요!"

"괜찮아. 이건 이렇게 보면서 즐기는 거니까."

혼란에 빠진 텐노지 양과 반대로, 유리는 침착하게 말했다.

장난감 폭죽이 이런 것임을 이해한 아가씨들은 틱틱 소리를 내면서 튀는 불꽃을 말없이 구경했다.

"예쁘네요."

"그렇군요……."

상류층 아가씨들은 장난감 폭죽을 처음 경험하는 듯하다. 그러고 보니 나도 어릴 적에는 두 사람처럼 눈을 빛낸 것 같다.

"나리카는 이런 폭죽을 알아?"

"그래. 여름이 되면 종종 단골 막과자 가게에서 파니까. 하지만 실제로 불을 붙인 건 처음 봤다. 알록달록해서 재밌군."

나리카도 폭죽의 불꽃에 정신이 팔렸다.

"다른 폭죽도 많으니까 마음껏 즐기자!"

유리가 다양한 장난감 폭죽을 소개했다.

이렇게 다 같이 놀면 서민과 상류계급 사이에 있는 투명한 벽이 밤의 어둠에 녹아서 사라진 듯했다. 장난감 폭죽에 흥미진진한 기색인 아가씨들은 어릴 적 나와 유리와 판박이다.

사는 세상이 달라도, 하나의 감정을 공유한 증거였다.

"여러분, 마실 것을 가져왔습니다."

놀다가 지친 참에 시즈네 씨가 우리를 불렀다.

"마침 목이 마른 참이었답니다."

"나도. 연기를 마신 걸지도 모르겠다."

폭죽은 얼마 남지 않았다. 다 쓰면 카루이자와로 돌아갈 예정이다.

언젠가는 끝이 찾아온다는 것을 알아도, 최대한 늘리고 싶은 거겠지. 마지막까지 오늘 하루를 한껏 즐기고, 마음에 새기고 싶다. 그 마음은 잘 안다.

특히 아가씨들은 다망하다. 이런 식으로 하루를 즐길 기회는 많지 않겠지. 처음으로 전용 해변이 아닌 바다. 처음으로 직접 구운 바비큐. 처음으로 본 장난감 폭죽. 아가씨들에게 오늘은 좋은 경험이 됐으리라.

"후으……."

옆에 서 있는 히나코가 천천히 숨을 내쉬었다.

주위에 아무도 없는 것을 확인하고, 나는 본성이 드러난 히나

(생활력 없음)
~영애들이 다니는 명문 학교에서 제일가는 **아가씨**를 남몰래 돕는 시중 담당이 되었습니다~ 4

코에게 말을 걸었다.

"히나코, 피곤하지?"

"……조금."

히나코는 진짜로 피곤한 듯하지만, 충실함이 가득한 것처럼 보이기도 했다.

히나코의 경우에는 연기에 따른 피로도 있지만, 오늘에 한해서는 놀다 지친 것도 있으리라. 오늘은 하루 내내 놀았으니까. 히나코만 그런 게 아니라 나도 지쳤다.

다시 주위를 본다.

우리 말고 다른 사람들은 모두 마실 것을 챙기러 갔다.

지금이라면 아무도 보지 않는다.

"여기서 잠시 편히 있을까?"

"응."

히나코와 둘이서 해변에 쪼그려 앉는다.

"……나도, 이츠키에게 뭔가 먹여주고 싶었어."

슬픈 느낌으로 말하는 히나코.

연기 중에는 자신이 하고 싶은 것을 할 수 없다.

그런 히나코의 부담에, 나는 동정했다.

"그러면 집에 가서 뭔가 만들어 줄래?"

"……응. 기대하고, 있어."

히나코가 기쁜 듯이 말했다.

설령 컵라면이라도, 히나코가 해준다면 기뻐하자.

"불꽃놀이는 즐거웠어?"

"응. 재미있었어."

히나코는 활기차게 고개를 끄덕였다.

"이츠키는, 불꽃놀이…… 한 적 있어?"

"그래. 많지는 않지만. 놀 시간도 없었고. 돈도 없었고."

그래서 나도 불꽃놀이는 오랜만이었다.

그러고 보니 이런 색이었구나 싶었다.

"다만 선향 불꽃은 자주 한 적이 있어."

"선향 불꽃……?"

"그래. 잠깐만 기다려. 가져올게."

유리가 가져온 불꽃놀이 세트에서 선향 불꽃을 몇 개 꺼냈다.

히나코가 있는 곳으로 돌아온 나는 곧바로 그중 하나에 불을 붙였다.

"이렇게 끝을 태우고…… 천천히 아래로 내리는 거야."

한순간 작은 꽃처럼 불이 퍼진다. 불은 곧바로 안으로 파고들고, 오렌지색 구슬이 생겼다.

희미하게 일렁이는 구슬에서는 불꽃이 끊임없이 퍼진다.

"오오……."

"예쁘지?"

"응. 아까 본 불꽃하고는 조금 다른 느낌. 나도 해보고 싶어."

"그럴 줄 알아서 많이 가져왔어. 불은 내가 붙일게."

지금의 히나코에게 불을 다루게 하면 불안하므로, 내가 대신 불을 붙였다.

"오오오……."

히나코는 눈을 초롱초롱 빛내며 선향 불꽃을 쳐다봤다.

"이츠키는 왜 이걸 자주 했어?"

"뭐, 싸니까."

분위기를 망칠 것 같아서, 나는 조금 조심스럽게 말했다.

하지만 히나코는 전혀 신경 쓰는 기색이 없었다.

"선향 불꽃은 싸고, 다른 장난감 폭죽에 비하면 오래가잖아? 그래서 부모님도 사 줬을 거야. 당시의 내게는 얼마 안 되는 오락거리였으니까. 하루에 하나씩, 지긋하게 가지고 놀았어. 최대한 오래가게 하거나, 일부러 흔들어서 모양이 흐트러지게 하거나. 이러니저러니 해도 나는 선향 불꽃을 제일 좋아해."

참고로 우리 집에서는 한때 선향 불꽃을 촛불 대용으로 삼을 수 없을까 시험한 적이 있다. 그러나 잘되지 않아서 가족 모두가 침울해했다. 잘하면 식비가 더 굳었을 텐데.

그런 에피소드도 포함해서 추억의 일부인 것이리라.

탁탁 소리를 내는 불구슬을 보니 좋은 기억과 나쁜 기억이 다 살아났다.

옛날과 비교하면 나는 지금 생활이 훨씬 더 좋다. 그래서 과거로 돌아가고 싶은 마음은 조금도 없다. 그러나 그런 내게도 향수라는 감정은 있었나 보다.

이 감정을 긍정하고 싶다. 설령 과거가 나빴더라도.

"이츠키한테…… 특별한 추억이 있는 물건이야?"

히나코가 선향 불꽃을 보면서 물어봤다.

"그래. 그럴지도 몰라."

아마도 내게는 정말로 얼마 안 되는 추억의 물건일 것이다.

지금, 그걸 자각했다.

"그렇다면, 나도……."

히나코가 손에 든 선향 불꽃을 보면서 중얼거렸다.

오렌지색 불빛에 비친 예쁜 얼굴이 천천히 나를 돌아보고, 미소를 지었다.

"나도…… 이게 제일 좋아."

부드럽게 미소를 지으며, 히나코가 말했다.

그 얼굴이—— 어째서인지 평소보다 더 아름답게 보였다.

파도 소리와 손에서 탁탁 튀는 소리가 갑자기 멀어진다. 깜빡깜빡 빛나는 불빛이 밝히는 히나코의 부드럽고 몽환적인 웃는 얼굴만이 내 시야에 들어온다.

고동은 차분했다.

하지만 정신이 없었다.

그 얼굴을 계속 바라보고 싶었다.

향수에 젖은 감정이 더 푸근하고 따스한 감정으로 덧칠된다.

"두 분——! 마실 것이 미지근해지겠어요——!!"

텐노지 양이 큰 소리로 불러서 정신을 차렸다.

히나코는 이미 완전히 회복한 듯했다.

나도 목이 마르니까 다른 사람들이 있는 곳으로 가자.

"가자."

"응. ……안아줘."

"보는 사람이 있을지도 모르니까, 지금은 안 돼."

"칫……."

나는 틈만 나면 응석을 부리려고 하는 히나코에게 쓴웃음을 지었다.

지금 분위기로는 하마터면 받아들일 뻔했다.

히나코와 함께 걷기 시작한다.

그 도중에 나는 무심코 두 손으로 등을 지켰다.

"……이츠키?"

"아, 아니야. 오늘은 등짝을 맞는 일이 많아서. 잘 모르겠지만, 유리가 때린 곳을 나리카랑 덴노지 양도 때렸거든……."

"흐응……."

연이어서 그런 일이 있었기에 반사적으로 등을 감싸고 말았다.

그러자 히나코는 뭔가 생각에 잠기는가 싶더니.

"……이츠키가 오늘 입은 수영복은 어느 가게에서 샀어?"

"그야 코노하나 그룹의 계열사였던가……."

해수욕장에 오기 진, 다 같이 들렀던 가게를 떠올리고 대답했다.

"이츠키가 평소 사는 곳은."

"코노하나 가문의 저택이지."

"이츠키가 평소 누구 곁에서 일해?"

"물론 히나코지."

뭘 물어보는가 싶었더니, 히나코는 만족스럽게 끄덕였다.

"내 압승……. 의식할 필요, 없어."

"?"

잘 모르겠지만, 히나코는 내 등짝을 때릴 마음이 없는 듯하다.

뭐, 지금껏 맞았을 때도 별로 아프진 않았으니까 딱히 문제는 없지만…… 아니지, 나리카는 조금 아팠을지도 모른다.

"……이츠키는 히라노 양을, 어떻게 생각해?"

히나코가 불쑥 물어봤다.

"어떻긴. 소꿉친구라는 말밖에 할 수 없는데."

그렇게 대답하자 히나코가 미묘한 표정을 지었다.

내 대답이 마음에 들지 않는다……가 아니라, 본인의 질문이 서툴러서 진짜로 궁금한 것을 알아내지 못한, 왠지 답답해 보이는 얼굴이다.

"……이츠키는, 옛날 친구를 보고 싶어?"

히나코가 다시 질문했다.

아까와는 의미가 조금 다른 질문이다.

"뭐, 그렇지. 가끔은 보고 싶어."

"……그렇구나."

이번에는 만족했는지 히나코가 입을 다물었다.

슬슬 모두가 가까워지고 있어서, 히나코는 숙녀 모드로 전환했다.

반듯하게 펴진 등을 보면서, 나는 고개를 갸우뚱했다.

이건 뭐 때문에 물어본 걸까?

◇

유리는 잔에 담긴 음료를 마셨다. 집에서 직접 만든 스포츠 드링크라고 한다. 상큼한 감귤향과 희미한 단맛이 특징이었다.

코노하나 가문의 메이드, 시즈네가 준비한 마실 것은 딱 봐도 고급스러운 유리잔에 있다. 페트병이나 종이컵처럼 간단한 도구를 쓰지 않는 점에서 부자 특유의 여유라고 할까, 꼼꼼함이 엿보였다.

"어? 이츠키와 코노하나 양은?"

목을 축였을 때, 유리는 근처에 이츠키와 히나코가 보이지 않음을 깨달았다.

"그러고 보니, 없네요."

"내가 잠깐 보고 올게."

유리는 잔을 두 개 챙겨서 이츠키와 히나코를 찾았다.

불꽃놀이를 시작했을 무렵에는 별로 어둡지 않았을 텐데, 어느새 몇 미터 앞이 보이지 않을 정도로는 밤이 깊었다. 게다가 마침 구름이 달을 가린 참이다.

그러나 두 사람의 모습은 쉽게 찾았다. 불꽃의 빛이 위치를 알려주었다.

두 사람의 얼굴을, 선향 불꽃의 빛이 밝게 비췄다.

유리가 다가오는 것도 눈치채지 않았다. 두 사람은 빛이 밝히고 있지만, 유리는 밤의 어둠에 휩싸였다. 저쪽에선 이쪽이 보이지 않으리라.

유리는 두 사람에게 마실 것을 전하려고 했지만, 그 얼굴을 보고── 멈췄다.

(아…….)

불빛에 드러난 히나코의 표정은, 지금껏 본 적이 없을 정도로 온화했다.

단순히 다른 사람에게 인상이 좋은 표정이 아니다. 정겨운 듯, 즐거운 듯, 잠든 것처럼 편안한 느낌으로…… 만난 지 얼마 안 되는 유리라도 지금의 히나코가 특별한 표정을 지은 것은 금방 알았다.

그 순간, 유리는 직감했다.

(그랬구나. 코노하나 양도, 그런 거였어.)

히나코가 끌어안은 감정의 정체를, 유리는 눈치챘다.

두 사람이 있는 곳으로 가려고 하는 발걸음을 정반대 방향으로 돌린다.

지금은 다가가지 않는 것이 좋겠지. 그렇게 생각했다.

"어…………?"

문득, 유리는 자신의 발걸음이 무거운 것을 눈치챘다.

바닷바람이 아까보다 차게 느껴진다. 피부도 끈적거려서 이상하게 불쾌하다.

이츠키에겐 정말로 여자들의 호감을 살 만큼의 장점이 있다.

하지만 이토록── 이토록 호감을 살 줄은, 예상하지 못했다.

(뭐지……? 이 감정은?)

가슴이 답답하다.

유리가 아는 이츠키는, 조금 변변찮은 티가 나는 소년이었다.

(생활력 없음)
~영애들이 다니는 명문 학교에서 제일가는 **아가씨**를 남몰래 돕는 시중 담당이 되었습니다~ 4

유리가 아는 이츠키는, 여자와 말할 때 더 긴장하는 남자였다. 몸도 그렇다. 유리가 아는 이츠키는 그렇게 다부지지 않았다.

자세히 보면 행동거지도 이상하다. 유리가 아는 이츠키는, 그렇게 몸을 반듯하게 펴지 않았다.

며칠 전, 방에서 요리를 대접할 때는 옛날과 달라지지 않았다고 생각했는데—— 함께 지내다 보면 조금씩 그렇지 않다는 것을 느끼고 만다.

유리가 아는 이츠키와 현실의 이츠키가, 일치하지 않는다.

현실에 있는 이츠키는, 더는 결점 같은 게 없는 듯해서——.

"……………아니야."

그런 일이, 있어서는 안 된다.

머릿속에 있는 이츠키와 현실에 있는 이츠키. 두 이미지를 억지로 포갠다.

이츠키는 착하고, 이러니저러니 해도 사람들에게 호감을 사는 남자다.

하지만 몇 가지 결점이 있어야 한다.

안 그러면, 내가——.

히라노 유리가 존재하는 의미가——.

(생활력 없음)

5장 10년 동안의 착각

바다에서 논 다음 날.

평소처럼 우리는 식당에 모였다.

맞은편에 앉은 텐노지 양은 오믈렛을 먹고 있다. 요 며칠 동안 쭉 그것만 먹었으니까, 아마도 마음에 든 거겠지.

그 텐노지 양은, 몸을 희미하게 떨고 있었다.

"텐노지 양, 추워요?"

"아뇨. 이건 결전을 앞두고 흥분한 것이어요. 이번 시험, 나는 자신이 있어요. 이번에는 반드시 코노하나 히나코에게 승리해 보이겠어요."

냉방이 세서 추운 줄 알았는데 그런 게 아닌 듯하다.

"여름 강습도 오늘로 끝인가. 그렇게 생각하면 쓸쓸하구나."

나리카가 중얼거렸다.

나도 히나코도…… 아마도 모두가 비슷한 마음일 것이다.

"나랑 코노하나 양은 내일 돌아갈 예정인데, 다들 어때?"

"나도 그렇답니다."

"나는 내일모레다. 아버지가 점포 시찰하러 가서 따라가기로 했다."

나리카의 집은 국내 최대의 스포츠용품 메이커다. 타이쇼나 아사히 양의 집처럼 기업이 아니라 일반 소비자를 고객으로 삼은 비즈니스 형태—— 이른바 BtoC라서 전국 각지에 점포가 있다. 카루이자와에 온 김에 근처 점포를 시찰하는 거겠지.

두 사람의 대답을 들은 뒤, 나는 유리를 봤다.

나는 유리한테도 물어본 건데—— 당사자는 대화에 집중하지 않고 멍하니 허공을 보고 있었다.

"유리?"

"어? 아, 미안. 안 들었어."

조금 뒤늦게 유리가 반응했다.

"무슨 일 있어?"

"별일 없어."

대답에 평소의 기운이 없다.

잘 생각해 보면 거의 매일 일하는 유리를 바다에 동행시킨 건 배려가 부족했을지도 모른다. 바다에서도 많이 움직였으니까 피곤한 게 아닐까?

"오늘은 다들 시험 결과 발표가 나온댔지? 어쩐지 오늘은 불안해 보이는 손님이 많더라."

식당을 둘러본 유리가 말했다.

우리는 오히려 불안이 적은 편이다. 히나코와 텐노지 양은 탈 없이 고득점이리라.

불안한 사람은 나와 나리카뿐이다.

"그러고 보니 히라노 양은 이츠키에게 공부를 가르쳐 준 적이 있다고 했지."

"그래. 얘는 아르바이트가 바빠서 수업에 전혀 집중하지 못한 적도 있으니까. 그래서 공부는 조금 자신이 있어."

아가씨들이 소리를 내고 감탄했다.

나리카가 어떻게 그런 걸 아는지 의문이지만, 그러고 보니 바다에 가기 전, 유리가 몰래 뭔가 했었다. 아마도 내가 모르는 데서 같이 이야기한 거겠지.

이걸 보면 유리도 참 스펙이 좋다. 유리는 옛날부터 공부에서 힘을 쏟았던 것 같다. '요리밖에 할 줄 모르는 바보라고 여겨지면 싫잖아?' 같은 말을 했었던 것 같다. 무시당하는 걸 싫어하는 유리다운 이유다.

"있잖아. 시험 문제는 어떤 느낌이야?"

"그건…… 이런 느낌이야."

나는 의자 아래에 둔 가방에서 시험 문제를 꺼내 유리에게 보여줬다.

유리는 문제를 한동안 보고…… 그대로 경직했다.

"저기, 이츠키는 이거…… 무슨 뜻인지 알아?"

"무슨 뜻인지는 대충 알지."

문제 지문을 보고 푸는 정도는 할 수 있다.

"아, 응. 나도, 조금은 알 것 같아."

"말도 안 돼……."

내가 그걸 이해하려고 얼마나 시간을 투자했는지는 알까.

"그래서, 저기…… 너는 이 문제를, 풀었어?"

그렇게 물어보는 유리의 눈에는 희미한 감정이 담긴 것처럼 보였다.

불안. ──어째서인지 유리는 겁먹은 표정으로 질문했다.

그 이유는 모르지만, 나는 일단 솔직하게 대답했다.

"풀었으면 내 얼굴이 이러겠어?"

"그렇지!"

아마도 다 죽은 눈을 했을 나를 보고, 유리의 표정에서 불안이 가신다.

"뭐, 이런 건 어지간해선 풀 수 없어! 이러니저러니 해도 이츠키는 이쪽 사람이야!"

"큭…… 이번만큼은 반박할 수 없어."

나는 두 손을 허리에 대고 말하는 유리에게 반론할 수 없었다.

역시 나는 아직 키오우 학원 사람들을 따라잡을 수 없다. 노력 부족을 통감한다.

"정말 그럴까요……?"

텐노지 양이 나지막하게 중얼거렸다.

"그건 됐고. 시험 전에도 말했지만, 성적이 나쁘면 내가 햄버그 세트를 만들어 줄게. 그걸로 기분 풀어."

시즈네 씨의 스파르타 교육이 기다릴 것을 생각하면 햄버그 세트 10인분 정도는 있어야 균형이 맞을 것이다.

"결과가 나오면 메시지를 보내줄래? 난 오늘 오후까지 일하거든."

"알았어……."

(생활력 없음)

슬슬 교실로 갈 시간이다.

나는 아가씨들과 함께 식당을 나섰다.

"여름 강습도, 이걸로 끝이라고 생각하면 쓸쓸하군요."

"그래. 공부는 힘들었지만, 좋은 추억이 되었다."

교실에 들어서자 텐노지 양과 나리카가 아쉬운 듯이 말을 주고받았다.

다른 학생들도 비슷하게 대화하고 있다. 그 분위기를 느끼고, 나 역시 이번 일주일을 떠올리며 쓸쓸한 기분이 들었다.

"지금부터 시험 답안을 돌려주겠습니다."

교단에 선 강사가, 학생을 호명하고 답안지를 돌려준다.

"토모나리 이츠키."

"네."

결과를 보기 무섭다.

조심조심 답안지를 받는 내게, 강사가 부드럽게 웃었다.

"참 잘했어요."

"어……?"

"히라노 양. 슬슬 휴식해도 돼."

"네!"

주방에서 조리 스태프로 일하던 유리는 슬슬 휴식 시간이 된 것을 깨닫고 도구를 간단히 정리한 다음에 주방을 나섰다.

앞치마를 벗고 사물함에 넣은 유리는 스마트폰을 꺼내고 휴게실 문을 열었다.

"아, 히라노 양. 수고했어."

"네, 수고하셨습니다."

휴게실에는 선배가 한 사람 있었다. 아르바이트 첫날부터 여러모로 배우고 있는, 친절한 여자 선배다. 멀리서 쉬는 것도 이상하니까 유리는 선배의 옆에 있는 의자를 당겼다.

"히라노 양, 다음 주까지 일하지?"

"그래요. 사실은 조금만 더 여기서 배우고 싶은데…….."

"집에서 하는 식당 일을 돕는다며? 아직 어린데 대견한걸~."

"좋아서 하는 일이니까 괜찮아요! 우리 집은 가게가 별로 크지도 않고, 메뉴가 많아서 아르바이트 직원을 고용하기 어려워요."

"소수 정예로 돌리는 거구나. 본격적이어서 좋잖아."

그렇게 말해주면 기분이 썩 나쁘지 않다. 입꼬리가 슬금슬금 올라간다.

그러나 전국 체인점 전개라는 목표를 생각하면 특정 사람에만 의존하는 기술은 피하는 게 좋을지도 모른다. 요리를 경험한 적이 없는 젊은 사람이라도 잘 배우면 익힐 수 있는 조리법을 고안해야 하리라.

야망을 실현할 길을 생각하고 있을 때, 문득 머릿속에 신경 쓰이는 다른 생각이 떠올랐다.

"저기, 선배."

"왜?"

"미시경제학이라고 알아요?"

"어? 미시…… 뭐?"

유리는 "아무것도 아니에요."라고 짤막하게 말하고 의자에 앉았다.

역시, 보통은 모른다.

그렇다면 이츠키도 모를 것이다.

햄버그 세트 준비를 서둘러야 할지도 모른다. 유리는 호텔 방에 있는 재료를 떠올리고 부족한 조미료가 없는지 생각했다.

"아, 이츠키가 메시지를 보냈네."

스마트폰 화면을 보니 알림이 떠 있었다.

(어디 보자. 이츠키의 시험 결과는 어떨까~?)

여름 강습이니까 합격 불합격 개념이 있는지는 모르겠지만, 우울할 것은 예상할 수 있다. 머릿속으로 위로의 말을 몇 가지 떠올리면서, 유리는 메시지를 확인했다.

시험 결과 말인데── 이츠키가 보낸 메시지는 그런 문장으로 시작했다.

"··············어?"

그 내용을 보고, 유리의 머릿속은 새하얘졌다.

이츠키는 꼼꼼하게 모든 과목의 점수를 써 줬다.

하지만 그 점수는 유리의 예상과 전혀 달랐다.

오늘은 시험 답안지만 돌려받고 끝이라고 해서, 이츠키 일행은 이미 자유시간을 만끽하고 있을 것이다. 유리는 선배에게서 떨어져 희미하게 떨리는 손으로 이츠키에게 전화를 걸었다.

전화는 바로 연결됐다.

"아, 저기, 여보세요? 이츠키?"

『무슨 일이야?』

"아니, 저기…… 시험 결과, 봤어."

자기 목소리가 떨리는 것도 모르고, 유리는 말했다.

"성적 우수자로, 뽑혔다며……."

이츠키는 메시지로 그렇게 전했다.

그렇게 자신이 없는 눈치였는데, 풀지 못했다고 했는데……

이츠키는, 여름 강습에 참가한 학생 중에서도 우수한 성적을 거뒀다.

"점수…… 잘 받았네. 자신 없다고 하지 않았어?"

『자신은 없었지만, 아무래도 나만 그런 게 아니라 다들 그랬던 것 같더라고. 여름 강습에는 키오우 학원 말고 다른 학교에서도 사람이 왔으니까 그걸로 상대적인 평가가 오른 거겠지. 좌우지간 이걸로 시즈네 씨의 스파르타 교육은 피했어.』

휴 하고 안도하는 숨소리가 들린다.

그러나 유리의 불안은 멈추지 않는다.

이마에 불쾌한 땀이 맺힌다. 가슴속 감정을 속이고 싶어서, 유리가 뭔가 적당한 말을 하려고 입을 열려는 찰나——.

『뭐, 나는 예상한 바이지만 말이에요.』

미레이의 목소리가 들렸다.

근처에 평소 함께하는 아가씨들이 있는 거겠지. 스피커폰 모드로 바꾼 듯하다.

『수업 내용도 이해한 것 같으니까, 이 결과는 당연하답니다.』

『나도 동감이다. 이츠키는 평소 노력하니까, 이번 여름 강습도 최종적으로 따라잡을 줄 알았다. 나랑 다르게 말이지.』

미레이에 이어서 나리카도 비슷한 말을 했다.

『지금껏 토모나리 군이 노력한 걸 생각하면, 타당한 결과라고 봐요.』

히나코의 차분한 목소리가 귀에 닿았다.

"흐, 흐응……."

어색하게 맞장구를 쳤다.

이상하게 땀이 자꾸 난다. 호흡도 조금씩 가빠졌다.

"아, 저기…… 미안해. 일하러 돌아가야 해서 이만 끊을게."

『그래. 우리는 내일까지 호텔에 있으니까 나중에 다시 이야기하자.』

전화 상태라서 이츠키는 유리의 이변을 몰랐다.

전화가 끊긴다.

유리는 스마트폰을 꼭 쥐고 한동안 멍하니 서 있었다.

(다들, 이츠키라면 할 수 있다고 믿었어…….)

히나코도 미레이도 나리카도, 그런 태도였다.

그런데——.

(나만…… 이츠키는 못 한다고 생각했어.)

잘 생각해 보면, 이츠키는 천하의 키오우 학원에 다닌다. 공부를 못 할 리가 없다.

이번 시험에서 성적이 나빴더라도── 이츠키는 이미 자신보다 똑똑하리라.

그런 이츠키에게, 유리가 해줄 수 있는 일은 없다.

"히라노 양, 괜찮아? 얼굴색이 안 좋은데……."

선배가 걱정해 줬다.

"괜찮아요……. 일하러 가 볼게요!"

깨달은 진실을 조금이라도 더 외면하고 싶어서, 유리는 일하러 돌아갔다.

◆

"그러면 한 시간 뒤에 본관에서 집합하죠."

호텔로 돌아온 나는 일행에게 말했다.

"코노하나 히나코……. 다음에는 반드시 결판을 내겠어요!"

"가볍게 부탁드려요."

히나코가 부드럽게 미소를 짓는다.

텐노지 양은 "으끼익!" 하고 분한 듯 소리치며 자기 방으로 돌아갔다.

(동점이니까 함께 기뻐해도 될 텐데 말이지…….)

나도 쓴웃음을 짓고 혼자서 방으로 향한다.

시각은 오후 3시. 녹음이 짙은 자연에 둘러싸인 이곳 카루이자와에서도 이 시간대는 더웠다. 정수리에서 흘러내리는 땀을 옷의 어깨 부분으로 닦는다.

여름 강습이 끝난 뒤, 우리는 근처 카페에서 느긋하게 잡담을 나눴다.

이야기를 얼추 다 하고 겸사겸사 점심도 해결한 뒤, 아가씨들은 시험 결과를 부모에게 보고해야 한다며 잠시 해산하게 되었다. 히나코도 전화로 카겐 씨에게 보고해야 하는 듯, 그동안 나는 휴식을 받았다.

(시즈네 씨에게 칭찬받아서 기쁜걸⋯⋯.)

해산하기 직전, 시즈네 씨가 시험 결과를 칭찬했다. 평소 접하는 상대에게 칭찬받으면 가슴이 벅차다.

"후우."

가방을 방에 두고 한숨 돌리자마자 할 일이 없음을 깨달았다. 아까는 밖을 돌아다녔으니까 이대로 방에서 쉬어도 되겠지만, 내일 귀가하는 걸 생각하면 더 즐기고 싶다는 생각이 든다.

(본관에 가 볼까?)

아직 시간은 이르지만, 집합 시간이 될 때까지 돌아다녀 보자.

방을 나서고 느긋하게 본관으로 향했다.

프런트에 들어서자 작은 실루엣이 보였다.

"유리."

"이츠키⋯⋯?"

유리가 나를 돌아봤다.

"오늘 일은 벌써 끝났어?"

"어. 방금 말이지. 그 대신에 내일은 아침부터 밤까지 잔뜩 일해야 하지만."

그렇다면 나와 유리가 지금처럼 느긋하게 이야기할 시간은 오늘밖에 없다.

다음에는 언제 볼 수 있을까……. 그렇게 생각했을 때, 문득 유리의 안색이 이상하다는 것을 깨달았다. 왠지 모르게 풀이 죽은 것처럼 보인다.

"이츠키…… 공부, 열심히 했구나."

"열심히 할 수밖에 없는 환경이니까."

그렇게 대답하자 유리의 눈빛이 불안한 기색으로 일렁였다.

"저, 저기 있잖아. 공부는 잘하는 것 같은데, 운동은 어때?"

유리는 왠지 모르게 억지로 웃는 듯한 얼굴로 물어봤다.

"왜 있잖아. 키오우 학원은 스포츠 분야에도 힘을 쏟지? 다양한 대회에서 우승했다는 말이 있으니까. 체육 수업도 힘들지 않아?"

"힘들지만, 운동은 그럭저럭 잘하는 편이니까. 폴로나 스케이트처럼 해본 적이 없는 스포츠라면 모르겠지만, 수업은 아직 곤란하지 않아."

"그, 그래……?"

유리가 시선을 내렸다.

"그, 그러면 있지, 밥은 어때? 역시 서민의 맛이 그립잖아? 솔직히 마음이 복잡하지 않아?"

"뭐, 그렇긴 하지."

"그렇다면 있지!"

초조해하는 기색으로, 유리는 내 얼굴을 봤다.

"내가 다음에 이츠키에게 밥을 해줄게! 시즈네 씨가 일하지 않겠냐고 물어봤으니까, 안 된다고 해도 배달로 전하면⋯⋯."

"아니, 그렇게 하면 미안한데⋯⋯."

"하지만 서민의 맛이 그립잖아?"

유리는 두 손을 허리에 댔다.

"미안할 것 없이 의지해도 되는걸? 왜냐면 나는, 이츠키의 누나니까!"

정해진 말이 나왔다.

그러나 지금 정해진 말로 대답하면 정말로 코노히나 저택까지 배달하러 올 것 같다.

"마음은 고맙지만, 괜찮아."

부드럽게, 타이르듯 말했다.

"상류층 아가씨라고 해도 매번 코스 요리만 나오는 게 아니니까. 처음에는 테이블 매너 공부도 겸해서 호화 요리만 나왔지만, 요새는 제법 평범한 요리도 나와. 오믈렛이나 햄버그 같은⋯⋯ B급 구르메 요리는 별로 먹을 수 없지만, 나오는 요리는 하나같이 건강에 좋으니까 충분히 만족하고 있어."

뭐, 유리의 요리도 먹고 싶지만.

배달을 부탁할 정도로 곤란한 것도 아니고, 유리에게 그토록 부담을 줄 수는 없다.

유리도 목표가 있고 매일 노력하는 사람이다. 그 족쇄가 되긴 싫었다.

그러나 내 대답을 들은 유리가 몹시 초조해한다.

"아, 저기…… 그러면, 그러면……."

유리는 왠지 울음을 터뜨릴 것 같은 얼굴로 입을 뻐끔뻐끔 움직였다.

"유리, 무슨 일 있어?"

"아, 아무 일도 아니야. 그보다도 이츠키, 뭔가 불편한 일은 없어? 내가 뭐든지 도와줄 수 있는걸……?"

"불편한 일이라면, 솔직히 많지만……."

"그렇다면!"

유리는 어째서인지 눈을 확 빛냈다.

그런 유리에게, 나는 계속해서 말했다.

"하지만 되도록 내 힘으로 노력해 보고 싶어. 요새는 노력해서 성장하는 게 즐겁거든."

키오우 학원의 모두를 따라잡으려면 지식과 경험이 한참 부족하다. 그러나 나는 그것을 노력으로 메꾸는 기쁨을 깨달았다.

성과가 나왔을 때의 기쁨은 노력의 양에 비례한다.

그래서 나는 안이하게 노력을 내팽개치고 싶지 않다.

"…………그렇구나."

유리는 얼굴을 숙이고, 짤막하게 대꾸했다.

나는 그 낌새를 이상하게 여겼다.

"유리, 진짜 무슨 일 있어?"

"아무 일도 아니야……."

"나도 소꿉친구야. 그 정도 거짓말은 알아볼 수 있다고."

아니다. 지금의 유리라면 소꿉친구가 아니더라도 이상하다는

〈생활력 없음〉
~영애들이 다니는 명문 학교에서 제일가는 **아가씨**를 남몰래 돕는 시중 담당이 되었습니다~ 4

걸 알아볼 수 있다.

그 정도로 힘이 없었다.

"이츠키가 나를 알아도…… 나는 이제, 이츠키를 모르겠어."

유리는 천천히 말했다.

"이츠키는, 지금 생활에 만족하는 것 같구나."

"뭐, 그렇지."

"그렇다면…… 이제, 나는 필요 없잖아?"

한순간, 그 질문의 의미를 이해하지 못했다.

"내가 없어도, 매일 즐겁잖아. 혼자서도 잘하잖아."

"아니…… 그렇다고 해도, 유리가 필요 없다는 것하곤 상관 없잖아."

"상관있어."

"그럴 리가……."

"상관있다고!!"

유리가 소리쳤다.

"나는 이제! 이츠키의 곁에 없어도 되잖아! 학교생활도 잘하는 것 같고?! 사람들이 좋아하는 거 같고?! 공부도 잘하게 되고, 옷차림과 자세도 단단히 의식하게 됐으니까?! 이츠키는 이미, 내가 모르는 세상에 있어……. 나는 아무것도 해줄 수 없는 곳에서 살잖아!!"

마치 둑이 터진 것처럼, 폭발한 감정이 흘러넘친 것처럼.

그런데도 말만으로는 전부 토해내지 못했는지, 유리의 두 눈에서 굵은 눈물이 뚝뚝 떨어진다.

"오늘 아침에, 시험 문제를 보여줬는데, 나는 하나도 몰랐어! 그런 걸 풀 수 있는 사람한테 내가 뭘 해주면 돼?! 밥도 됐다고 하고…… 이젠 내가 이츠키에게 해줄 수 있는 게 하나도 없어!! 그러면 난 필요 없잖아!"

유리가 그렇게 소리치는 걸 듣고, 나는 도저히 이해할 수 없는 게 있었다.

그래서 황급히 말을 걸었다.

"자, 잠깐만. 해줄 수 있는 일이 없다니…… 무슨 소리야? 나는 딱히 유리가 도움이 된다는 이유로 지금껏 함께 지낸 게 아닌데……."

"거짓말쟁이!"

유리는 격노한 나머지 얼굴을 새빨갛게 물들고 소리쳤다.

"도움이 안 되면 만나주지 않았잖아!"

그렇게 말하고 유리는 내 앞에서 사라졌다.

뛰어가는 작은 등을, 나는 멍하니 지켜볼 수밖에 없었다.

◆

유리가 뛰어간 뒤, 나는 프런트 소파에 앉아서 돌처럼 굳어 있었다.

30분 정도 지나자 히나코와 시즈네 씨가 나타났다. 도중에 합류한 건지 텐노지 양과 나리카도 있다.

　네 사람은 내가 있는 걸을 알아채고 다가왔다.

　"토모나리 씨, 무슨 일 있어요?"

　딱 봐도 내 안색이 이상했는지 텐노지 양이 걱정스러운 투로 물었다.

　"유리랑…… 싸웠어요."

　"네?"

　"싸우고, 말았어요."

　지금의 나는 어설프게 얼버무릴 여력이 없었다.

　머리를 감싼 내게, 다른 사람들이 말을 걸었다.

　"그건, 어쩌다……."

　"나도 잘 모르겠어요."

　이유를 묻는 텐노지 양에게, 나는 대답할 수 없었다.

　모르겠다. 유리가 왜 그토록 화냈는지.

　하지만 그 눈물의 책임은 나에게 있다.

　유리는 뭘 끌어안고 있는 걸까……. 그걸 알아야 한다.

　"그러고 보니 시험 전날 언저리에 유리가 뭔가 몰래 하는 것 같았는데…… 그건 여러분과 만난 거죠?"

　예전에 나는 유리에게 수업 내용을 배울 때가 많았다. 그걸 나리카가 알고 있었다. 그러니까 유리와 나리카가 내가 모르는 데서 이야기한 건 확실하다.

　히나코와 텐노지 양도 그렇지 않을까 싶어서 물어봤는데, 아무래도 정답인 듯하다. 나리카만이 아니라 히나코와 텐노지 양도 고개를 끄덕였다.

"뭔가 말한 게 없나요? 내 이야기나…… 자기 이야기를."

지금은 조금이라도 단서를 원했다.

어지간히 내가 촉박한 표정을 지었는지, 세 사람 모두 금방 대답해 주었다.

"나는, 히라노 양과 이츠키가 어릴 적부터 친했다는 이야기를 들었어. 두 사람은 초등학교 1학년 때부터 아는 사이였고, 히라노 양은 옛날부터 이츠키에게 요리를 해주거나, 남는 옷을 주거나 했다고 하더군."

그랬다.

나는 옛날부터 유리에게 여러모로 불편을 끼쳤다.

"나는, 토모나리 씨에 관해서 이야기했답니다. 히라노 양은 토모나리 씨가 키오우 학원에서 잘 지내는지를 걱정했어요. 내가 문제없다고 하니까 히라노 양은 조금 의아한 눈치더군요."

그야 당연하지.

내가 키오우 학원에서 어떻게든 무사히 지낸다고 하면, 옛날의 나는 절대로 믿지 않을 것이다.

"저도, 비슷한 느낌이네요. 토모나리 군은 괜찮다고 하니까…… 히라노 양은 조금 쓸쓸한 얼굴을 했어요."

숙녀 모드의 히나코가 말한다.

쓸쓸해 보였다……. 그건 단서가 될 것 같았다.

유리는 내 변화를 쓸쓸하게 여긴 걸지도 모른다. 오랜만에 다시 만난 사람이 자기 예상을 넘어설 정도로 변했다면 그 마음도 이해할 수 있다.

"지금의 토모나리 씨로는 상상하기 어렵지만, 옛날의 토모나리 씨는 히라노 양에게 도움받으며 살았던 거죠?"

"그렇, 지. 나는 오랫동안 유리에게 도움받고……."

텐노지 양의 말을 긍정하려고 했을 때, 나는 깨달았다.

아, 그런가. ──그런 건가.

"토모나리 씨?"

"뭔가 알았어?"

머리를 감싼 내게, 텐노지 양과 나리카가 물었다.

"유리는, 옛날의 나를 알아……."

상담한 이상, 모두에게도 알려야 하겠지.

그래서 나는 내가 도달한 결론을── 나와 유리의 관계를 설명하기로 했다.

"옛날의 나는…… 여유가 없었어."

◆

어릴 적부터 우리 집은 가난했다.

아버지도 어머니도 일은 조금 했지만, 술과 도박으로 수입보다 더 많은 돈을 쓰는 버릇이 있어서 하는 수 없이 나도 일할 수밖에 없다.

내가 아르바이트를 시작한 것은 고등학생 때부터. 그러나 일하기 시작한 것이 언제냐고 하면 자의식이 싹텄을 무렵부터다.

초등학생 때는 이미 어머니의 부업을 돕고 있었다.

주위 또래는 모두가 집안의 재정 사정을 전혀 의식하지 않는다. 아이는 노는 게 일이라고 하는 것처럼 모두가 매일 공원에서 기운차게 떠들고 놀았다.

나는 그런 또래 아이들을 멀리하고 좁은 집에서 티슈를 상자에 넣고 있었다.

마음이 뒤숭숭하지 않을 리가 없었다.

특히나 정신적으로 미숙한 어린아이라면.

"이츠키! 놀러 가자!"

유리는 초등학생 시절에 처음 만났다. 원래 같은 동네에 살았다는데, 나는 유리에게 그 말을 듣고서야 처음으로 알았다.

유리는 예전부터 나를 알았던 것 같다. 당연하다. 이토록 가난하고, 술과 도박을 좋아하는 부부가 있으면 동네에도 소문이 난다. 그래서 우리 집은 이웃들 사이에서 '엮이면 안 되는 가족'으로 수군거렸지만, 어린 유리는 단순히 소문으로 들은 사람이라는 가벼운 인식으로 내게 접근했다.

그러나 나는 그 호의를 모조리 뿌리쳤다.

여유가 없었으니까.

"미안해, 지금은 바빠."

집에 가서 부업을 도와야 했다.

집에 가서 집안일을 도와야 했다.

식사를 걸러서 배고파 신경이 곤두섰다.

태평하게 노는 또래 아이들이 얄미웠다.

"이츠키! 오늘은……."

"미안해, 지금은 바빠."

당시의 나는 마음이 미숙해서, 스트레스를 남에게 토하는 일이 있었다.

폭력이나 폭언은 아니어도, 자꾸 다가오려는 유리에게 너무 차가운 태도를 보인 건 확실하다.

몇 번이고, 몇 번이고, 나는 유리의 말을 거절했다.

그렇게 반년이 지났을 무렵.

유리는 조금 다른 방식으로 내게 접근하게 되었다.

"이츠키! 요리 연습 도와줄래?!"

어릴 적부터 요리사가 되기를 희망한 유리는 시식회라는 명목으로 내게 여러 가지 요리를 먹이는 일이 많아졌다.

덕분에 식비가 굳었다.

"이츠키! 우리 집에 안 입는 옷이 있으니까 가져갈래?!"

계절이 바뀔 때마다 유리는 자기와 부모가 안 입는 옷을 주게 되었다.

덕분에 겨울을 버틸 옷을 많이 구했다.

"이츠키! 같이 공부할래? 요즘 성적 나쁘지?"

내 성적이 떨어진 타이밍에 유리는 같이 공부하자고 제안하게 되었다. 유리는 일부러 요점을 노트에 정리해서, 짧은 시간에 효율적으로 공부할 수 있었다.

덕분에 엉망이었던 성적이 나아졌다.

여전히 내 마음에는 여유가 없었다. 유리는 그런 내 마음을 헤아리고서, 내게 이득이 되면 함께해 준다고 생각하게 된 것이리라.

당시의 나는 아무것도 몰랐다.

하지만 지금에야 겨우 깨달았다.

유리는 나와 함께 있으려고—— 일부러 그렇게 접근한 것이다.

◆

"유리는…… 오랫동안 내게 이득이 되는 제안을 했어."

회상을 마무리하자 아가씨들이 침통한 표정을 지었다.

"토모나리 씨에게, 그런 과거가……."

"나도…… 그 정도일 줄은, 몰랐다."

텐노지 양과 나리카가 나지막하게 중얼거렸다.

유리는 옛날부터 내게 도움이 되도록 행동했다.

그리고 그건 지금도 계속되고 있다.

이 호텔에서 유리와 다시 만났을 때, 유리는 자기가 묵는 방에 나를 불렀다. 단순히 얼굴을 보려고 그런 게 아니다. 서민의 맛이 그리울 나를 위해 오랜만에 요리를 대접하려는 거였다.

유리는 얼핏 억지를 쓰는 것처럼 보이지만, 사실은 내가 기뻐할 제안만 한다. 그리고 내게 도움이 될지 어떨지 모르는 제안은 애초에 하지 않는다. 잠옷 파티도, 바다에 가자고 한 것도, 모두 다른 사람의 제안이다. 유리가 아니다.

유리는 오랫동안 나를 신경 써 줬다.

무려 10년 전부터.

지금 생각하면──── 유리가 누나 행세를 시작한 것도 그때다.

나는 지금껏 모르는 사이에 유리를 압박한 걸지도 모른다.

"찾아야겠어."

나와 유리 사이에 있는 균열의 정체는 알았다.

조금 전의 나는 이걸 모르고 뛰어가는 유리에게 아무 말도 하지 못했다.

하지만 지금이라면 뒤에서 할 말이 있다.

저녁은 안 먹어도 된다. 나는 자리에서 일어나 밖으로 향했다.

"토모나리 군."

그런 나를, 히나코가 뒤에서 불러 세웠다.

걸음을 멈추고 히나코에게 다가간다. 그러자 히나코는 주위에 들키지 않게 숙녀 모드를 풀고.

"히라노 양은…… 소중한 사람?"

무척 진지한 얼굴로, 그렇게 물어봤다.

"그래, 소중해."

그 질문에 대답할 수 있을 만큼은 소중하게 생각한다.

가족을 제외하면 가장 오래 알고 지낸 소꿉친구.

어릴 적부터 오랫동안 나를 생각해 준, 마음씨 착한 아이.

그 소녀가, 상처받아서 어딘가에 있다면──── 나는 반드시 구해야 한다.

"다녀올게."

히나코에게 그 말을 남기고, 나는 유리를 찾으러 나갔다.

◇

초등학생 시절.

유리는 딱 한 번, 몸이 아픈 걸 숨기고 등교한 적이 있다.

열이 조금 났다. 콧물이 나고 머리가 아프고 온몸이 이상하게 무거웠다. 처음에는 학교를 쉬려고 했지만, 담임선생님이 개근상이란 게 있다고 가르쳐 준 직후여서 어떻게든 학교에 가고 싶었다.

다행인지 불행인지, 유리는 활기찬 연기를 잘했다.

가족도 눈치채지 못하고, 유리는 교문을 지났다.

옛날부터 기운이 넘쳤던 유리는 얌전히 있으면 금방 들킬 것 같아서 어떻게든 활기찬 척하려고 했다.

교실에 들어서면 활기차게 인사했다.

점심시간이 되면 다 같이 사이좋게 수다를 떨면서 급식을 먹었다.

그리고 방과 후에는 옆 반에 있는 이츠키에게 말을 걸러 갔다.

당시의 유리에게 이츠키는 평범한 동급생이었다. 그러나 가장 가까운 곳에 사는 지인이기도 했다. 어린 유리는 그것만으로도 특별함을 느끼고, 이츠키와는 되도록 친해지고 싶었다.

그러나 그 이상의 감정은 없다. 유리는 이츠키를 상대로 사랑에 빠진 것도, 동정하는 것도 아니었다.

(생활력 없음)
~영애들이 다니는 명문 학교에서 제일가는 아가씨를 남몰래 돕는 시중 담당이 되었습니다~ 4

이츠키는 사람을 대하는 태도가 나쁘다.

어차피 오늘도 거절하겠지. 그렇게 생각하며 유리는 이츠키의 얼굴을 보러 갔다.

"유리, 어디 아파?"

한순간에 들켰다.

가족도, 친구도, 선생님도 속였는데—— 잠깐 얼굴만 마주쳤는데도 이츠키는 유리가 아픈 것을 알아봤다.

너무 안 들켜서 유리 자신도 잊으려는 참이었는데…….

이츠키는 유리를 알아봐 줬다. 그 실감이 가슴에 크게 와닿았다.

생각해 보면, 그때부터다.

그때부터—— 유리는 쭉, 이츠키가 좋았다.

잔잔한 파도 소리가 귓가에 닿는다.

해변에 주저앉은 유리는 오렌지색으로 물드는 하늘을 보면서 과거를 떠올렸다.

(나는 뭘 하는 거람…….)

어디든 좋으니까 도망칠 곳을 원했다. 그런 마음이 무의식중에 어제 다 함께 간 해수욕장으로 자신을 인도한 것 같다.

싸우고 바다로 도망치다니, 내가 생각해도 참 행동력이 대단하다고 감탄한다. 다행히 돌아갈 차비는 있지만, 호텔에 도착할 무렵에는 밖이 어두워지리라. 내일 일은 장기전이다. 일찍 들어가서 자는 게 낫다.

슬슬 해가 지려는 시간대. 해수욕장에는 사람이 거의 없었다. 그래서 아무에게도 방해받는 일 없이 생각에 잠길 수 있었다.

(그런 말을, 하려는 게 아니었는데…….)

해서는 안 되는 말을 하고 말았다.

도움이 안 되면 만나주지 않는다……. 과거의 이츠키는 정말 그랬지만, 지금의 이츠키를 보면 더는 그렇지 않으리라. 지금의 이츠키는 무익한 제안도 받아들일 여유가 있다.

아니다……. 잘 생각해 보면 이츠키는 더 전부터 그런 여유가 생겼다.

초등학교 고학년이나, 아니면 중학교에 들어갔을 때인가. 아마도 그 무렵에 이츠키의 마음은 성장했을 것이다. 불쾌함, 초조함, 불안과 같은 감정을 겉으로 드러내지 않게 되었다.

그리고 사람이 착해졌다.

여유가 없으면 남을 위해서 행동할 수 없다. 착한 사람으로 불리기 시작했을 무렵부터, 이츠키는 이미 여유가 생긴 것이다.

그걸 모른 사람은 자신밖에 없었다.

자신만이 옛날의 이츠키에게 집착했다.

──나는 이츠키의 누나니까!

정해진 말이다.

그건 이츠키나 다른 사람에게 하는 막 같지만, 실제로는 자기 자신을 타이르는 말에 불과했다.

나는 이츠키의 누나니까, 도움이 되어야 한다.

그래서는 자기 몸을 스스로 옭아맨 꼴이다.

이츠키를 탓해서는 안 된다.

(그러니까 아가씨들한테도 들키는 거지……. 내 마음을.)

히나코도, 미레이도, 나리카도, 이츠키를 어떻게 생각하는지 물어봤다.

당연히 좋아한다. 안 그러면 이토록 진지하게 이츠키를 생각하지 않는다.

하지만 그 감정은 오랫동안 봉인하고, 겉으로 드러낼 마음이 없었다.

어릴 적, 유리는 여유가 없는 이츠키에게 자주 말을 걸었다. 심장이 두근두근하고, 얼굴이 멋대로 빨개졌다. 첫사랑이라고 하는 충동에 휩쓸린 유리는 냉정하지 않은 상태로 몇 번이고 이츠키의 관심을 끌어내려고 애썼고—— 전부 실패로 끝났다.

그때, 유리는 생각했다.

아아…… 이츠키에게 내 사랑은 민폐인 거구나.

그래서 봉인하고, 이츠키가 관심을 보여줄 방법을 생각했다.

그런 의미에서도, 유리는 '나는 이츠키의 누나니까!' 라고 선언한 것이다.

나는 이츠키의 누나니까—— 단순히 동생을 돌보는 거고, 딱히 이츠키를 좋아하는 건 아니야!

"완전 츤데레네……."

수치심으로 빨개진 뺨을 바닷바람이 스쳐서 식힌다.

이런 건 그냥 자기암시다. 호의를 보여주면 폐를 끼친다. 그래도 어떻게든 함께 지내고 싶어서 도달한, 비뚤어진 방식이다.

이 방식을 택한 건 자기 자신.

다시 생각하지만…… 이츠키를 탓하면 번지수를 잘못 짚은 것이다.

"거기 너."

문득 옆에서 누군가 말을 걸었다.

돌아보자 덩치가 큰 남자 둘이 있었다.

"지금 혼자야?"

"슬슬 어두워지는데? 차로 바래다줄 테니까, 대신에 우리랑 차나 마실래?"

두 사람 모두 머리를 물들이고, 문신도 했다.

왠지 무서운 느낌이 들어서, 유리는 일어나 뒷걸음질 쳤다.

"아뇨, 됐어요."

"그렇게 말하지 말고. 친절은 순순히 받아들여야지?"

그렇게 말하고 남자는 유리의 가냘픈 손을 붙잡았다.

"저기, 놔요!"

"와, 손 차가운 거 봐라."

"기가 세서 귀엽네."

유리의 머리에 피가 쏠린다.

소중한 것에 대해서 생각하고 있었다. 그랬는데 시시껄렁한 놈들이 방해했다. 실실 쪼개는 남자들을 보고 유리의 짜증은 단숨에 정점으로 치닫는다.

"놓으라고, 했잖아!!"

유리는 손을 붙잡고 놓으려고 하지 않는 남자의 따귀를 쳤다.

(생활력 없음)
~영애들이 다니는 명문 학교에서 제일가는 **아가씨**를 남몰래 돕는 시중 담당이 되었습니다~ 4

찰싹! 하는 소리가 난 다음, 남자가 인상을 험하게 썼다.

"야, 까불지 마."

"히익――?!"

남자가 주먹을 쥔다.

겁먹은 유리는 반사적으로 눈을 감았다.

그때――.

"어찌어찌, 늦지 않았네."

귀에 익은 목소리가 들리고, 유리는 천천히 눈을 떴다.

이츠키가, 그 남자의 팔을 붙잡고 있었다.

◆

유리를 찾다가 도착한 곳은 어제 이용한 해수욕장이었다.

본인은 절실하게 고민하지만, 작은 키는 유리의 특징이다.

'키가 작고, 이런 옷차림을 한 여자애를 못 봤습니까?' 라고 자꾸 물어보고 다니다가 간신히 유리를 찾을 수 있었다.

유리는 여기 올 때까지 울었던 것 같다.

그래서 목격 정보도 많았다.

"넌 뭐야?"

유리는 악질적인 남자들에게 붙잡힌 상태였다.

팔을 잡힌 남자는 짜증을 드러내고 노려봤다.

"소꿉친구다."

짧게 대답한 나는, 남자의 팔을 당기고 재빨리 내던진다.

"끄억——?!"

아래는 모래사장이다. 그렇다면 아무리 내던져도 다치는 일이 없겠지.

쉽게 날아간 친구를 보고, 나머지 한 남자가 놀랐다. 그러나 다음에는 복수하는 듯이 격앙해서 주먹을 휘둘렀다.

——느려.

내가 평소 시즈네 씨에게 얼마나 단련받는데.

내지른 손목을 붙잡고, 바깥으로 꺾으면서 팔꿈치에 체중을 싣는다. 그러자 상대는 자기 무게를 이기지 못하고 무릎을 꺾고 쓰러졌다.

"으억?!"

낙법을 취하지 않아서 그런지 턱이 바닥에 부딪힌 듯하다.

두 남자는 모래를 묻히고 일어섰다. 그러나 여자 꽁무니만 쫓아다니는 인간들이라 그런지 더 싸울 마음은 없는 듯하다.

"제기랄……!!"

"두, 두고 보자!!"

만화 같은 말을 남기고 남자들은 어딘가로 뛰어갔다.

"휴……."

어떻게든 격퇴해서 다행이다.

그러나 유리를 꼬시려고 하다니…… 저것들은 어린 여자를 밝히는 취향인가?

"괜찮아?"

나는 등 뒤에 있는 유리에게 말을 걸었다.

"으, 응. 고, 고마……."

말이 중간에 막혔다.

싸웠다는 걸 떠올렸는지, 유리는 조금 전까지 겁먹었던 태도를 치우고 다시 평소처럼 당당한 분위기로 돌아왔다.

"뭐, 뭐 하러 왔어? 따, 딱히 도와달라고 한 적은 없거든?"

"솔직하게 고맙다고 말해도 되는데."

"무무무, 무슨 소리를 하는지 모르겠거든?!"

얼굴이 빨간 이유는, 노을이 비쳐서 그런 것만이 아니리라.

이상하게 땀을 흘리고 초조해하는 유리는 이윽고 쓸쓸한 기색을 얼굴에 드러냈다.

"넌 역시 변했구나. 옛날에는 이렇게 듬직하지 않았어."

유리는 나를 머리끝부터 발끝까지 슥 본 다음에 말했다.

단련한 몸. 덩치 큰 남자들과 대치할 정도의 담력. 과거의 내게는 그런 게 없었다.

"그래, 나는 달라졌어. 하지만 달라져서 유리 너를 지킬 수 있었던 거야."

그래서 나는 내가 변한 걸 후회하지 않는다.

그리고 유리도 그걸 인정하길 바란다.

"유리. 미안해, 지금껏 몰라서."

나는 조용히 머리를 숙였다.

"유리가 지금껏 내게 도움이 되려고 한 건, 옛날 일이 원인이지? 내가 유리가 불러도 자꾸 거절했으니까, 내게 도움이 되는 방식을 생각해 준 거지?"

"그래. 그건 내가 멋대로 한 거니까 네 책임이 아니야."

"아니야. 내 책임이야."

"아니, 내 책임이야."

"나야."

"나야."

"나──."

"나──."

서로가 완강했다.

그러나 여기서 물러나서는 안 된다.

유리는 언제나 자신만만하고 당당했다. 내가 걱정해도 '괜찮아.' 라고 웃는 소녀였다.

그런 유리의 강한 마음에 더 의지해서는 안 된다.

"유리! 이참에 확실히 말할게!"

큰 소리를 내는 내게 유리가 움츠러든다.

나는 그대로 힘껏 고백했다.

"나는 너를, 그런 눈으로 본 적이 없어!"

"뭐, 뭐어어어어?! 그러세요? 그러세요?! 어차피 나는 여자답지 않으니까!!"

"아니야! 그런 말이 아니라! 도움이 되는지 안 되는지로 본 적이 없다는 말이야!"

"으──."

유리가 눈을 크게 떴다.

"이, 이제 와서 무슨 소리를 하는 거야……. 거짓말이야! 지금의 너는 아닐지도 몰라도, 옛날의 너는 내가 도움이 되니까 같이 있어 준 거잖아!"

"아니야! 그건 착각이야!"

울상을 지은 유리에게, 나는 큰 소리로 말했다.

"옛날의 나는 여유가 없었어. 다른 애들하고 놀 시간도 없었고, 불쾌한 감정을 억누르지 못해서 차갑게 대한 적도 있었어. 그래서 당연히 친구도 없었어."

미움받은 게 아니라, 내가 모두를 멀리했다.

어느새 아무도 내게 말을 걸지 않게 되었다. 그때야 비로소 쓸쓸하다는 감정이 생겼다. 이미 다 늦었는데도.

"하지만 그런 내게 유리는…… 너만큼은 쭉 말을 걸었어. 너한테는 우연히 가까운 데 산다는 이유였을지도 모르지만, 그래도 내게는 무척 기쁜 일이었어."

처음에는 귀찮게 여겼을지도 모른다.

그러나 유리의 집요함이, 내가 꼭꼭 숨기던 감정을 조금씩 파헤쳐 주었다. 쓸쓸하다는 감정을…… 다른 사람과 놀고 싶다는 마음을, 유리가 찾아내 주었다.

"그러니까 결심했어. 다음에 말을 걸어 줄 때는…… 그때는 반드시 사이좋게 지내자고."

그건 아무한테도 말한 적이 없다.

나 혼자서, 마음속으로 결심했다.

"그것이 처음으로 같이 논 날…… 내가 유리의, 요리 연습을 도운 날이야."

"아……."

유리가 작게 소리를 냈다.

분명 지금, 이제야 눈치챈 것이리라.

그렇다. ──전부 우연이었다.

우연히, 그때 나는 '다음에는 사이좋게 지내자'고 생각했다.

우연히, 그때 유리는 '이츠키에게 도움이 되자'고 생각했다.

두 가지가 맞물린 바람에, 유리는 착각한 것이다.

도움이 되면 함께해 준다는, 잘못된 생각에 이르렀다──.

"나는 유리가 도움이 되어서 함께 지낸 게 아니야. 몇 번이고 내게 말을 걸고, 몇 번이고 나를 봐서…… 그게 기뻐서 함께한 거야."

"그랬, 구나……."

착각을 깨달은 유리는 눈가에 눈물이 고여 있었다.

그런 유리에게, 나는 더 전하고 싶은 말이 있었다.

"더 말하자면, 지금의 내가 있는 것도 다 유리 덕분이야."

얼굴을 숙였던 유리가 조용히 나를 쳐다본다.

"유리와 친해지고 나서 깨달았어. 열등감으로 남을 거부하는 것보다, 남과 부대끼며 사는 게 더 좋다고. 언제부턴가 나는 여러 사람에게 착한 사람이란 말을 듣게 되었지만, 그건 유리 덕분이야. 네가 내게, 사람과 지내는 온기를 가르쳐 주었어."

만약 내가 유리와 만나지 않았더라면 지금도 가정의 형편으로 열등감에 시달렸을 것이다. 인간관계도 희박했을 것이 분명하다.

(생활력 없음)

히나코가 떨어뜨린 학생증도, 절대로 줍지 않았을 것이다. 키오우 학원 학생을 단순히 호의호식하는 사람들로 단정하고, 바닥에 떨어진 학생증을 거들떠보지도 않았겠지.

그러니까 그날—— 나와 히나코가 만난 건 유리 덕분이다.

최악의 가정환경에서 자란 내가, 그런데도 자포자기하지 않고 건전하게 산 건, 유리와 만난 덕분이었다.

(미안해, 로는 안 되겠지…….)

나는 유리가 10년이나 끌어안은 착각도 모르고, 사죄하려고 했었다.

그러나 사죄보다도 먼저 전해야 할 말이 있을 것이다.

"유리…… 고마워, 지금껏 도와줘서. 내가 키오우 학원에서도 무사히 지내는 것도 유리 덕분이야."

10년 치의 감사를 담아서 유리에게 전한다.

유리는 모래사장에 눈물을 뚝뚝 흘렸다.

"유리, 제안할게. 지금까지의 10년을 바로잡지 않을래?"

"바로잡다니…… 어떻게?"

"10년을 더 친하게 지내자. 이번에는 꼭, 대등하게."

앞으로도 곁에 있어 주기를 바란다. ——그런 말을 은연중에 전하기로 했다.

유리 덕분에 나는 히나코와 만나고, 키오우 학원의 학생이 되었다. 그 키오우 학원에서 내가 무사히 지내는 건, 히나코와 텐노지 양, 나리카가 나를 대등하게 보기 때문이다. 모두의 기대와 신뢰에 보답하고 싶은 일념으로, 나는 노력할 수 있었다.

나는 유리하고도 그런 관계가 되고 싶다.

유리 덕분에 나는 히나코, 텐노지 양, 나리카와 모두를 만났다. 모두의 덕분에 나는 다른 사람과 대등하게 접하는 소중함을 배웠다.

그렇게 배운 것으로 유리에게 보답하고 싶다.

내게 히라노 유리라는 인물의 첫 은인이다.

"…………10년으론, 만족할 수 없어."

유리는 눈가에 고인 눈물을 손등으로 훔치고 웃었다.

"네가 싫다고 할 때까지 평생 함께해 줄게."

◇

이츠키와 둘이서 역으로 간다.

그 길에 유리는 아주 조금 걸음걸이 속도를 늦추고 이츠키의 등을 바라봤다.

1년 전…… 이츠키가 여학생을 찼을 때를 떠올린다.

이츠키는 이미 잊었을 테지만, 사실은 그때 이런 대화를 했다.

──있잖아. 왜 고백을 거절했어?

──우리 집 사정을 알잖아? 말려들게 하기 싫었어.

정말이지 다른 사람만 생각하는 남자였다.

이츠키는 안 그래도 가난하게 살았다. 그런 상황에서 연애에 쓸 돈을 마련할 리가 없다. 상대를 창피하게 할 수는 없었던 것이다.

──그러면 말이야. 만약 고백한 아이가 이츠키를 부양해 주겠다고 하면 어쩔 거야?

유리는 소박한 의문을 제기했다.

이츠키는 슬쩍 웃고 대답했다.

──그렇게 말하면 거절할 이유가 없겠는걸.

아마도 이츠키는 그냥 농담한 것이리라.

그러나 유리는 그 말을 진담으로 받아들였다.

어느새 그것이 요리 실력을 갈고닦는 이유의 일부가 되었다.

(아아…… 부양해 줄 수도 있는데.)

씩씩하게 성장하고 말이야…….

되도록 자기 힘으로 노력해 보고 싶다. 그렇게 말한 이츠키는 아마도 공짜로 부양받는 신분에 만족하지 않으리라.

이츠키의 등이 예전보다도 크게 보였다.

그걸 보는 건 쓸쓸하지만, 자랑스럽게도 여겨졌다.

에필로그

유리와 화해한 다음 날 아침.

먼저 호텔을 떠나는 나와 히나코는 모두에게 간단히 인사하고 있었다.

"먼저 가 볼게요."

호텔 프런트에서 머리를 숙였다.

짊어진 가방이 흘러내릴 뻔했다. 가방 안에는 여름 강습의 교재와 바다에서 쓴 수영복 등이 들었다. 이 무게가 일주일 동안의 충실함을 알려주는 것 같았다.

"덕분에 유의미한 일주일을 보냈어요."

"잠옷 파티도, 바다도 즐거웠다. 또 이러고 싶구나!"

텐노지 양과 나리카도 즐거운 추억을 만든 듯하다.

마음을 공유할 수 있어서 저절로 기쁘다.

"그나저나 코노하나 양은 어디 갔나요?"

"잊은 짐이 있다고 해서 잠시 방에 돌아간 것 같아요."

물론 나는 히나코가 돌아오기 전에 먼저 호텔을 떠날지도 모르지만…….

이 호텔에는 아직 우리 말고도 다른 키오우 학원 학생이 숙박 중이다. 그래서 올 때처럼 다른 차를 타고 귀로에 오를 예정이다.

한동안 여기서 기다리면 차가 온다고 했다. 차가 오면 히나코가 돌아오는 걸 기다리지 않고 먼저 출발하라고 시즈네 씨가 말했다. 어차피 나와 히나코는 같은 차에 탈 수 없고, 나중에 코노하나 저택에서 합류할 것이다. 납득이 가는 지시다.

"이츠키. 힘든 일이 있으면 언제든지 나한테 상담하는 거다?"

아르바이트 중간에 빠져나온 듯한 유리가 허리에 손을 대고 말했다.

"유리, 혹시나 해서 하는 말이지만……."

"알았어. 나는 이제 무작정 이츠키의 도움이 되려고 생각하지 않아. 그래도 돌보게 해달라고."

유리는 당당하게 웃으며 입을 열었다.

"왜냐면 나는, 이츠키의 누나니까!!"

기세등등한 유리의 얼굴을 보고, 나는 안도하며 대답했다.

"동갑이잖아……."

지금의 유리는 무작정 내 도움이 되려고 생각하지 않는다.

즉, 단순히 누나 행세를 하는 셈이다.

그거라면 용서하자. 기분이 조금 복잡하지만…….

문득 밖을 보자 어느새 새까만 차가 서 있었다. 내려간 창문 너머에서 보이는 운전기사와 눈이 마주치자 슬쩍 고개를 숙여 인사했다. 코노하나 가문에서 준비한 차 같다.

마지막으로 다시 한번 모두에게 인사하고, 나를 차에 탔다.

(생활력 없음)
~영애들이 다니는 명문 학교에서 제일가는 **아가씨**를 남몰래 돕는 시중 담당이 되었습니다~ 4

"그래……. 돌보는 것 정도는, 할 거야."

창문이 닫히기 직전, 유리가 그런 말을 중얼거린 것 같았다.

방으로 짐을 챙기러 돌아간 히나코는 시즈네와 둘이서 호텔 부지를 걷고 있었다.

잊은 짐이란 여름 강습의 교재였다. 더 쓸 일은 없겠지만, 그것도 일주일의 추억을 형성하는 일부라고 느껴서 두고 가기가 꺼려졌다.

나무 그늘이 많은 오솔길을 걸어서 햇빛을 피하며 걷는다.

그 도중에 히나코는 문득 걸음을 멈췄다.

"아가씨?"

시즈네가 고개를 갸우뚱한다.

"시즈네…… 잠깐만 혼자 있어도 돼?"

"혼자, 계시겠다고요?"

평소 하지 않는 부탁을 들은 시즈네가 조금 놀란 표정을 지었다.

"응. 조금, 생각할 게 있어서."

"알겠습니다. 잠시 물러나겠습니다."

시즈네는 공손하게 끄덕이고 히나코와 거리를 벌렸다.

거리를 벌린 다음에 이쪽을 보고 있다. 아무리 그래도 감시를 그만둘 작정은 없는 듯하다. 그래도 최대한 시선을 주지 않으려는 점에서 자신의 존재를 신경 쓰지 말라는 시즈네 나름의 배려를 느꼈다.

근처에 있는 벤치에 앉는다. 멋대로 한숨이 흘러나왔다.

여름 강습에서는 좋은 추억을 만들었을 것이다. 잠옷 파티, 해수욕장 등, 학교에서는 경험할 수 없는 비일상을 나름대로 즐겼을 터이다.

그러나 히나코의 마음은 나날이 무거워졌다.

(잠옷 파티 때…….)

유리가 한 말을 떠올린다.

사람이 착한 이츠키는 남을 우선하는 나머지 자기 자신을 중요시하지 않는 버릇이 있다. 그렇기에 본인도 모르는 사이에 부담을 끌어안는 일이 많다고, 유리가 말했다.

(밤에 바닷가에서 이야기했을 때…….)

선향 불꽃을 만끽한 다음, 이츠키에게 물어본 것을 떠올린다.

옛날 친구를 보고 싶은지 묻자 이츠키는 긍정했다.

(이츠키가 히라노 양을 쫓아갔을 때…….)

히라노 양이 소중한 사람인지 묻자 이츠키는 곧장 '소중하다'고 대답했다.

그때 이츠키의 진지한 얼굴을 잊을 수 없다.

"코노하나 양, 뭐 해?"

어느새 누군가가 다가왔다.

돌아보자 키가 작은 소녀가 서 있었다.

"히라노 양……. 아뇨. 별일 아니에요."

〔생활력 없음〕
~영애들이 다니는 명문 학교에서 제일가는 **아가씨**를 남몰래 돕는 시중 담당이 되었습니다~ 4

"진짜로? 조금 우울한 것처럼 보였는데."

정확한 지적이었다.

완벽한 아가씨의 가면에 살짝 금이 갔다.

그 틈에서 진심이 흘러나왔다.

"토모나리 군은, 당신과 만나서 기쁜 것 같더군요."

"뭐, 오랜만에 봤으니까."

"역시, 오랜 벗과의 재회는 기쁜 걸까요?"

"그런 식으로 거창하게 생각한 적은 없지만, 보통은 그렇지 않을까?"

보통은── 그 말이 히나코의 마음을 침식한다.

이츠키에게 오랫동안 그걸 빼앗은 건 누구지?

이츠키는 자신을 소홀히 여길 정도로 매일 필사적으로 산다. 그런 환경을 짊어지게 한 건 누구지?

이츠키가 오랜 친구와 멀어지게 한 건 누구지?

이츠키와 히라노 양이 떨어지게 한 건 누구지?

"어쩌면, 내가 하는 일은……."

가슴이 아프다.

지금 여기에 유리가 없다면 눈물을 흘렸으리라.

얼굴에서 핏기가 가신 것을 실감했다. 반석 같았던 바닥이 갑자기 꺼지고, 모든 것이 깜깜한 어둠 속으로 떨어지는 듯한 슬픔을 느낀다.

어째서 이런 기분이 드는지, 도무지 몰랐다.

이 감정의 정체를, 히나코는 이해할 수 없었다.

"난 말이야. 조금 착각했었어."

얼굴이 창백해진 히나코를 보고, 유리는 뜬금없이 말을 늘어놓았다.

"키오우 학원 사람들은 더 높은 차원에 있는 줄 알았거든. 그런데 코노하나 양, 텐노지 양, 미야코지마 양과 이야기하고 그게 오해인 걸 알았어. 다들 엄청 성실하고, 엄청 열심히 살고…… 우리처럼 평범하게 사랑하고 있었으니까."

유리는 부드럽게 미소를 지으며 말을 잇는다.

"그래도 코노하나 양 정도의 신분이면 평범하게 연애하는 건 어려워 보이네. 정략결혼까지는 아니어도 완전한 자유연애는 어렵다고…… 텐노지 양이 그랬거든."

하늘을 쳐다보던 유리는 벤치에 앉아 히나코를 바라봤다.

"그러니까 나도 응원하고 싶어졌어. 양보할 마음은 없지만, 이래선 불공평하니까."

뭘 양보할 마음이 없는지.

뭐가 불공평한지.

히나코는 아무것도 모른다.

아무것도————.

"코노하나 양. 네가 왜 그렇게 고민하는지 가르쳐 줄게."

무지하고, 무자각한 히나코에게—— 유리는 말했다.

"코노하나 양은, 이츠키를 좋아하는 거야."

특별 단편 ◆ 히나코와 카루이자와의 욕실

여름 강습, 5일째.

광대한 호텔을 안내판 없이 걷게 되었을 무렵.

"그러고 보니 이츠키 씨, 목욕은 어떻게 하고 있나요?"

"목욕 말인가요?"

히나코의 방에 불려 간 내게, 시즈네 씨가 물었다.

나는 침대에서 편히 쉬고 있는 히나코를 힐끗 보고 나서 대답했다.

"그냥 온천을 이용하는데요?"

'그게 무슨 문제라도?' 같은 느낌으로 고개를 갸우뚱하자 시즈네 씨가 살짝 고개를 숙였다.

"전부 따로 움직이게 해서 죄송합니다."

"아뇨. 어쩔 수 없죠. 저 혼자 남자니까요."

따로 움직인다고 해도, 이렇게 함께 이야기할 수 있다. 외롭진 않다.

원래부터 이번에는 여행이 아니라 여름 강습을 위해서 멀리 외출한 것이다. 그래도 호텔을 산책하거나 잠옷 파티를 할 수 있어서 이미 예상했던 것보다 즐겁게 지냈다.

"아, 하지만 오늘은 방에 있는 욕실을 써 보려고 해요. 모처럼 좋은 방에서 묵으니까 하루 정도는 써 보고 싶네요."

"그래도 좋을 거예요. 저와 아가씨도 방에 딸린 욕실만 쓰니까요."

"그래요?"

"아가씨께선 남들 앞에서 편히 쉬실 수 없으니까요."

그러고 보니 그랬다.

이 호텔에는 키오우 학원의 학생도 숙박 중이다. 온천에서 그 사람들과 마주치면 평소처럼 연기해야 한다.

"……목욕 이야기?"

히나코가 느릿느릿 침대에서 일어나 우리를 봤다.

그렇다고 고개를 끄덕이자 히나코가 작은 입을 열었다.

"이츠키. 같이 할래?"

"아니…… 아니지, 그건 좀……."

분명 말할 줄 알았다.

(같이 한다는 건 무시하고…… 이 방에 딸린 욕실에는 조금 흥미가 생기는걸.)

여기는 셀럽이 자주 찾는 회원제 객실. 그런 곳에 어떤 욕실이 있는지 궁금해지는 건 이상하지 않다.

내 가슴속 서민의 혼이 타올랐다.

"같이 하는 건 안 되지만, 잠깐 안을 봐도 될까?"

"같이 하면 돼."

"안 되지. 수영복도 안 챙겼는데……."

"므우……."

처음 만나고 얼마 지나지 않을 때와 비교해서 수치심이 싹튼 지금의 히나코로선 수영복 없이 같이 목욕하는 선택지는 없는 듯했다.

시즈네 씨도 있으니까, 여기서 내가 고개를 끄덕일 수는 없다.

이 객실의 욕실이 어떨지 궁금하지만, 포기하자…….

◆

며칠 뒤.

해수욕장에 다녀온 나는 다시 히나코의 방에 불려 갔다.

"수영복, 샀지?"

"샀지……."

도망칠 수 없는 상황이 되고 말았다.

(아무렴 어때. 나도 흥미가 있었으니까.)

인테리어는 코노하나 저택과 큰 차이가 없거나 그보다 떨어지지만, 이 호텔은 역시 경관이 아름답다. 앞으로 다시 이런 곳에 올 수 있을지는 보장할 수 없으니까 체험해 보고 싶은 마음도 강했다.

"시즈네 씨, 괜찮을까요?"

"그건…… 괜찮겠죠."

자주 있는 일이라며 작게 중얼거린 시즈네 씨에게 고마움을 전했다.

일단 방에서 나가고, 우리는 각각 수영복으로 갈아입었다.

바다에서 사용한 지 얼마 안 되는 수영복은 깨끗하게 씻었고, 더군다나 완벽하게 말랐다. 해수욕장에 가기로 했을 때 히나코의 경호를 강화하고자 코노하나 가문의 사용인이 추가로 몇 사람 온 것 같은데, 그 사람들이 세탁해 준 것이리라.

그 사람들에게 감사하면서, 나는 히나코와 함께 욕실에 갔다.

"오오…… 이게 전망 욕실인가."

온천은 아닌 것 같지만, 커다란 창문이 있어서 전망이 좋은 욕실이었다. 넓이도 충분해서 나와 히나코만으로는 좁지 않을 것 같다.

몇 시간 전에 해수욕장에서 샤워했지만, 그 뒤로 바비큐 때도 바닷바람을 맞아서 피부가 조금 끈적거린다. 다시 샤워해서 몸을 간단히 씻은 다음 욕조의 목욕물에 몸을 담갔다.

"후으."

"후으."

둘이 동시에 한숨을 흘렸다.

"경치가 참 좋은걸."

"……응."

자연과 조화로운 호텔 경치를 한눈에 보면서, 우리는 느긋하게 목욕을 만끽했다.

"살은 안 탔어?"

"조금, 탔을지도."

히나코가 자기 몸을 보고 말했다.

덩달아서 나도 히나코에게 눈길을 줬는데, 너무 빤히 보면 미안하니까 슬쩍 눈을 돌렸다.

"흐암……."

히나코가 하품했다.

"오늘은 역시 지쳤구나."

"응. 하지만 즐거웠어."

그건 동감이다.

온몸에 쌓인 피로가 목욕물에 녹는다. 그러고 나면 충실감만이 남는다.

좋은 하루를 보낸 증거다. 오늘은 잠이 푹 오리라.

"바다에서 신나게 노는 것도 좋지만, 이렇게 느긋하게 지내는 것도 나쁘지 않아."

"응…… 편한 기분."

저택에서 함께 목욕할 때는 못된 짓을 하는 기분에 휩싸여 안절부절못할 때도 있지만, 이번에는 여행 기분에 젖어서 나도 마음이 차분했다.

바다에서 놀고, 바비큐를 맛보고, 마지막에는 느긋하게 목욕을 즐긴다.

참으로 사치스러운 하루다.

시중 담당도 나쁘지 않다. 이런 나날을 준 히나코에게 속으로 고마워하면서, 나는 평화로운 야경을 바라봤다.

후기

사카이시 유사쿠입니다.
이 책을 찾아주셔서 대단히 감사합니다.

「아가씨 돌보기」 4권은 어떠셨나요?
1권부터 이름이 나왔던 유리가 드디어 등장했습니다.
유리의 귀여움이 잘 전해졌으면 좋겠습니다.

이번 무대는 키오우 학원이 아니라 카루이자와. 여름 강습이란 명목이지만, 실질적으로 여름방학편 같은 겁니다. 그래서 바다와 잠옷 파티 등, 기존의 학원물과는 조금 다른 이벤트를 넣을 수 있었습니다.

아가씨들의 잠옷 파티를 쓰는 동안, 문득 생각했습니다.
남자끼리 있을 때와는 분위기가 완전히 다르네…….
그야 저는 여자들의 잠옷 파티에 참가한 경험이 없으므로 실제로 어떤지는 모르지만, 아마도 친구 집에서 놀고 자고 할 때는 남녀 사이에 차이가 있을 것 같습니다.

제 경험에 따르면 고등학교 남자들이 친구 집에서 묵을 때는, 낮에는 어딘가 외출해서 놀러 갈 때가 많지만, 저녁을 먹고 나서는 밤새도록 무한으로 게임을 하든지 적당히 영화를 보든지 둘 중 하나입니다.

주절주절 수다를 떠는 건, 어쩌면 있었을지도 모르지만, 별로 기억나지 않습니다. 다만 연애 이야기는 없었던 것 같습니다. 고등학생이라서 혼자 사는 것도 아니고, 부모님이 가까이 있는 상태로 자고 가는 거니까요. 지금 생각해 보면 눈치가 보였던 것 같습니다.

다음 날 아침, 해산할 때는 모두가 죽을상으로 각자 귀가합니다.

어른이 된 지금, 그렇게 체력을 소진하며 노는 일은 줄어든 것 같습니다. 지금도 가끔 친구 집에서 빈둥거릴 때가 있지만, 숙박은 안 하게 되었습니다.

휴일이 되어도 며칠 있으면 회사에 가야 하니까요. 나중을 생각해서 온존하는 걸 배운 겁니다.

뭐, 저는 개인 사업자니까 지금도 나중 일을 생각하지 않고 놀 수 있지만요!!!!!

뻥입니다.

저도 스케줄을 잘 확인하고 놉니다.

그리고 요새는 어찌 된 일인지 회사원 친구들이 더 여유로운 티를 냅니다. 예를 들어 저는 요 며칠 기본 플레이 무료인 모 FPS 게임에 푹 빠졌는데, 친구에게 '평일이든 휴일이든 원하는 시간에 불러.' 라는 말을 들었습니다.

평일에도, 불러도 된다고……?

제가 회사원이던 시절, 평일 귀가 후와 일요일은 반드시 혼자 시간을 보냈습니다. 안 그러면 멘탈이 회복하지 않았기 때문입니다.

처음에는 친구들도 그런 느낌이었던 것 같습니다. 코로나 사태로 재택근무가 보급된 영향인지, 요새는 모두에게 여유가 생긴 듯합니다.

뭐, 이렇게 말하는 저도 바쁘지만, 정신적인 여유는 손에 넣었습니다. 저금과는 관계없이, 단순히 지금의 일에 익숙해진 느낌입니다.

아마도 다들 그런 거겠죠.

어른이 된 지금, 옛날처럼 놀 수 없어졌네……라고 생각할 때도 있지만, 모두가 일에 익숙해지면서 다시 옛날처럼 놀 수 있게 된 걸지도 모릅니다.

이츠키와 아가씨들도 나이를 먹으면 여러모로 가치관이 바뀔지도 모르겠네요(깔끔한 마무리).

【감사 인사】
이 작품을 집필하면서, 편집부와 교정교열 등 관계자 여러분께 큰 도움을 받았습니다. 담당자님, 히라노 유리처럼 작중에서 변수가 큰 캐릭터를 어디까지 깊이가 있게 묘사할지 함께 생각해 주셔서 감사합니다. 미와베 사쿠라 선생님, 컬러 수영복 일러스트가 무진장 귀여워요! 이번에도 정말 감사합니다.

마지막으로, 이 책을 골라 주신 독자 여러분께, 가장 큰 감사를 바칩니다.

아가씨 돌보기 4
영애들이 다니는 명문 학교에서 제일가는 아가씨(생활력 없음)를
남몰래 돕는 시중 담당이 되었습니다.

2023년 10월 25일 제1판 인쇄
2023년 11월 01일 제1판 발행

지음 사카이시 유사쿠 | **일러스트** 미와베 사쿠라

옮김 JYH

발행 영상출판미디어(주)
등록번호 제 2002-000003호
주소 07551 서울특별시 강서구 양천로 570 NH서울타워 19층
대표전화 02-2013-5665

ISBN 979-11-380-3299-5
ISBN 979-11-380-0898-3 (세트)

才女のお世話 4
高嶺の花だらけな名門校で、学院一のお嬢様 (生活能力皆無)を
陰ながらお世話することになりました
ⓒ Yusaku Sakaishi
Originally published in Japan by HOBBY JAPAN Co., Ltd.

구매 시 파손된 도서는 구매처에서 교환하실 수 있습니다.
기타 불편사항, 문의사항이 있으신 독자님께서는 노블엔진 홈페이지 [http://novelengine.com] 에서
Q&A 게시판을 이용해 주시기 바랍니다.

노블엔진(NOVEL ENGINE)은 영상출판미디어(주)의 라이트노벨 및 관련서적 브랜드입니다.

어느 날 갑자기 소꿉친구의 '속마음'이 들리기 시작했습니다?
새침데기 소꿉친구가 귀엽게 '들리는' 이야기, 스타트!

언제나 쌀쌀맞게 구는 소꿉친구지만 나를 짝사랑하는 속마음이 다 들려서 귀여워

1~3

《오늘이야말로 코우에게 고백하는 거야!》

딱히 인기가 많은 것도 아닌 남고생 니타케 코우타에게 느닷없이 들리게 된 목소리. 그건 언제나 코우타에게 쌀쌀맞은 태도를 보이는 소꿉친구 유메미가사키 아야노의 속마음이었다! 아야노가 자신에게 홀딱 빠졌다는 것을 전혀 몰랐던 코우타였지만——.

《사실은 코우가 말을 걸었으면 했어…….》

느닷없이 훤히 들리게 된 '속마음'에 아야노를 의식하기 시작한 코우타.
그러나 '속마음'의 뜻밖의 부작용을 알게 되는데——?!

로쿠마스 로쿠로타 지음 | bun150 일러스트 | 2023년 8월 제3권 출간
청춘의 상상, 시동을 걸어라!

우리 옆집엔 천사님이 산다── 무뚝뚝하면서도 귀여운
이웃과의 풋풋하고 애틋한 사랑 이야기.

옆집 천사님 때문에 어느샌가 인간적으로 타락한 사연
1~8

애니메이션 방영작

후지미야 아마네가 사는 맨션 옆집에는 학교 제일의 미소녀인 시이나 마히루가 살고 있다. 두 사람은 딱히 이렇다 할 접점이 없지만, 비가 오는 날 흠뻑 젖은 시이나 마히루에게 우산을 빌려준 것을 계기로 기묘한 교류가 시작되었다.

혼자서 너저분하게 대충대충 사는 아마네를 차마 보다 못해, 밥을 차려 주거나 방을 청소해 주는 등 이것저것 챙겨 주는 마히루.

가족의 정을 그리워하면서 점차 다정한 모습을 보이기 시작하는 마히루. 그러나 그 호의를 알면서도 자신감이 없는 아마네. 두 사람은 자신의 마음에 솔직하게 굴지 못하면서도 조금씩 서로의 거리를 좁혀 나가는데 …….

© Saekisan
Illustrations copyright © Hanekoto
SB Creative Corp

사에키상 지음 | **하네코토** 일러스트 | **2023년 8월 제8권 출간**

청춘의 상상, 시동을 걸어라!